花と情熱のエトランゼ

Hana to Jyounetsuno etranger

口を閉じかけていた蕾に、自身の唾液でさんざん濡らした熱い欲望が宛がわれる。

花《はな》と情《じょう》熱《ねつ》のエトランゼ

桐《きり》嶋《しま》リッカ

ILLUSTRATION
カズアキ

CONTENTS

花と情熱のエトランゼ

花と情熱のエトランゼ

序章【prologue】

あの人が、花を好きだと言ったから。

俺はこの庭の「番人」をいまも続けているのだ。

けっして花の絶えることのないよう、この八年間ずっと、ずっと——。

あの人と逢瀬《おうせ》を重ねた庭でともに眺《なが》めた花が咲き誇るのを、俺はいま一人で眺める。

一年目は、まだ信じきれないでいた。あの人がもうこの世にいないなんて、信じたくなくて必死に否定した。この庭で待っていれば、いつかまた顔を出してくれるんじゃないかって、いやきっとそうに違いないと自分に言い聞かせた。くるはずのない待ち人を、何ヵ月も待ち続けた。

二年目に入る頃《ころ》になってようやく、俺はあの人の不在を正しく認識することができた。死とは二度と会えないことを指すのだと、そう痛感したときの絶望はいまもこの胸に深く突き刺さっている。

この世でただ一人愛した人がいなくなったら、世界に意味なんてあるだろうか？

誰も答えなんてくれなかった。腫《は》れ物を扱うような周囲の態度、視線、何もかもが鬱陶《うっとう》しくなって、俺はこの庭に面した小屋に引きこもるようになった。

生きていく意義を見出せないまま、ただ花だけを愛でる日々を送った。

『ぜったいに、私のあとを追っちゃダメよ』

彼女の遺《のこ》した言葉がなければすぐにでも追いかけていたというのに……。

最後の約束を守ることだけが、俺にできる唯一のことだった。

あの人との想い出を汚すように、この庭に無断で立ち入る者には制裁を下した。それこそが己の使命だと思うことで、俺はどうにか生き長らえることができたのだ。

——俺が「彼」の存在に気づいたのは、ほんの数ヵ月前のことだ。どこから入り込んだのかは知らないが、彼は俺が丹精している花のそばで、猫のように身を縮めて丸くなっていた。

すぐさま追い出してやろうと俺は近づいた。見慣れた制服姿から、学院の生徒だとすぐに知れる。寮や校舎からはずいぶん離れているにもかかわらず、怖《こわ》いモノ見たさもあってか、この奥庭まで遠征してくる悪ガキが中にはいるのだ。たまに花を荒らしていく悪党の正体はこいつだろうか？

罪を思い知らせるためには手荒な方法に出るのがいちばんだ。こんな小柄な体、一撃でかなりのダメージになるだろう。もしくは研《と》いだ爪《つめ》で肉を引き裂いてやろうか。きっと震え上がって逃げ出すに違いない。侵入者はいつだって、恐怖に顔を引き攣《つ》らせながらこの庭から逃げ出していくのだ。

だが前足で引っかけた泥が鼻先に飛ぶほど近づいても、間近で唸《うな》り声を上げてみても、彼は小さく寝息を立てているだけだった。

そっと息を吹きかけながら頰《ほお》を突《つつ》いてみるも、目覚める兆しはまるでない。

(何だ、つまらない……)

張り合いのない獲物に、俺はすっかり気が削《そ》がれてしまった。

よくよく見れば丸い頰にはくっきりと涙の筋がついていた。手首で擦《こす》ったのか、袖口にも濡《ぬ》れたシミが広がっている。目元も痛々しいほどに赤く腫れていた。

眠る彼を見守るように、俺はしばらくの間、隣にしゃがみこんで無防備な横顔を眺めていた。この地方にしてはあの日はやけに暖かく、陽《ひ》だまりの居心地が格別によかったように記憶している。そうこうしているうちに俺までが睡魔に誘われてしまい、その場でしばしの午睡《ごすい》を楽しむことにした。

「え……？」

先に目を覚ましたのは彼の方だった。

小さな呟《つぶや》きに目を開けると、彼が丸い瞳をこれ以上なく見開いて俺を見ていた。

悲鳴を上げるだろうと思っていた。俺の姿を見て、構えない相手などいなかったから。初対面から親しみを見せてくれたのなんて、あの人くらいだ。たいがいの者は俺の姿に畏怖《いふ》や戦慄《せんりつ》を覚える。だからここで脅しをかけておけば、二度とこの庭に立ち入ろうなんて考えないだろうと思った。

鋭い牙《きば》を剝《む》き出せば、きっとこの少年も慌ててこの場を去るに違いない。だが威嚇《いかく》に入る直前、彼は懐かしい名前で俺を呼んだのだ。

あの人と同じように、俺のことを——。

「クロ」

そう呼びながら近づいてくると、彼は恐る恐る、けれど優しく俺の頭を撫《な》でてくれた。

「————……」

あの瞬間、わけもなく泣きたくなったのはどうしてなんだろう？

彼は開いた腕の中にすっぽりと俺の体を包み込んでくれた。優しく抱き締めてくれたあの温《ぬく》もりを、俺はいまでもよく覚えている。

まるで、昨日のことのように――。

I【un】

(何でこんなことになったんだろう……)

ここにきてから、一日だって己の不遇を嘆かない日はない。

奥庭のさらに深く、鬱蒼《うっそう》とした茂みの手前で膝《ひざ》を抱えながら、篠原悠生《しのはらゆうき》は並べた膝頭《ひざがしら》にトン、と頤《おとがい》を埋めた。吐き出した嘆息がスラックスに沁《し》みて、内側に温《ぬる》んだ空気がこもる。

燦々《さんさん》とした午後の陽光をところどころ遮《さえぎ》る雪柳《ゆきやなぎ》の下で、今日も今日とて縮こまっている自分自身にいちばん溜《た》め息《いき》をつきたい気分だ。

(また課題《ペーパー》、増やされちゃうな……)

出席日数の不足をレポートでカバーしてくれる学院側の方針はありがたいのだが、しかしいま現在、悠生の抱える課題の数はすでに片手の指では足りなくなっている。

これ以上の負担を防ぐべく、今日は朝から教室に顔を出してみたのだが、日常会話すらままならない自分にそもそも英語の講義なんて理解できるはずがないのだ。教師の戯《たわむ》れで指名されるたびに慌《あわ》てふためく悠生の姿に、初めの方こそ笑いが漏れていたが、いまではクラスメイトの失笑や冷笑を買うばかりだ。それでも午前中いっぱいは頑張ったのだが、昼休みのチャイムが鳴るなり、悠生は居た堪《たま》れずにこの奥庭へと駆け込んでいた。

（今日こそは逃げないで頑張ろうって、思ってたのにな……）

ここ数ヵ月、ほぼ毎日のようにここに逃げ込んでいる己の現状が、何よりも情けなくて泣けてくる思いだ。クラスに馴染めず、いつも一人で昼食を取っていた中学時代の方がまだマシに思えてくる。だいたい、あの頃は周囲に言葉が通じたのだ。言葉さえ通じればいくらだって打破できる状況だったろうと、いまならその頃の自分に発破をかけてやれるのに。

（言葉が通じない異国に、独りきり）

それがここまで孤独で寂しい境遇だとは、正直想像していなかった。というよりも、想定する余裕さえなく、自分はここに放り込まれてしまったのだ。

「母さんたち、元気にしてるかな」

遠く離れた故郷を思い出すと、すぐに涙が滲《にじ》んできてしまう。

帰りたい、けれど帰れない――。

この孤独に耐え得るだけの強さなんて、自分にはないとわかっているから。

何もかもを投げ出して、逃げてしまいたいと毎日のように思う。うるうると視界の縁で揺れていた涙が、瞬《また》きでホロリと頬を滑った。

「……っ」

それをザラリとした感触に舐《な》め取られて、悠生は慌てて傍《かたわ》らに目を向けた。

「――クロ」

いつの間に近くまできたのか、すぐそばに大きな黒豹《くろひょう》が前足を揃《そろ》えて座っている。

二メートル近い体長を覆う、黒く艶《つや》やかな被毛。その表面に暖かな陽だまりを載せながら、彼はさらに顔をよせてザラザラと立て続けに舌を這《は》わせてきた。

「そうだね、独りじゃないよね」

君がいるのにね……と呟きながら、悠生は開いた腕の中にしなやかな体を迎え入れた。

グルグルという音と振動とが、心地よく腕に伝わってくる。こんなふうにすぐ喉を鳴らしてくれるところも、昔、実家で飼っていた黒猫にそっくりだなと思う。

大きさはもちろんまったく違うのだが、持っている雰囲気がとてもよく似ているのだ。この庭で初めて見かけた時も、思わず「クロ」と呼びかけてしまったくらいだ。

「心配かけてごめんね」

短く揃った被毛に口づけてから、家猫に比べると小さくて丸い耳元に両手を添える。耳の後ろから首筋にかけてを撫でると、グルグルという音がいっそう高くなった。

ふと見れば足元に、茎《くき》を千切られた野花が並べてある。自分がこの庭でベソをかいていると、彼はこんなふうに花を摘《つ》んできてくれることがあるのだ。いつだったかはハンカチを咥《くわ》えてきてくれたことだってある。

「泣いてばかりじゃダメだよね」

まるで重厚な絨毯《じゅうたん》のように、みっしりと毛の敷き詰められた眉間をくすぐると、黒豹は心地よさそうに金色の両目を細めて首を傾けた。

眉間と喉元とを同時に撫でながら、太い鼻筋に軽く唇を押しあてる。途端に甘えるように黒豹が頬を押しつけてきた。ピンピンと跳ねた硬い髭《ひげ》が肌にあたってこそばゆい。

「あはは、くすぐったいってば」

いつもこうなのだ。気づけば隣に黒豹がいて、こんなふうにじゃれ合っているうちにいつの間にか涙は引いているのだ。

（クロがいてくれてよかった……）

この学院での唯一の友人は、一切の言葉が通じないにもかかわらず、誰よりも自分を理解してくれているのではないかと思う。

もしも彼に出会えなかったら、自分はもっと自暴自棄《じぼうじき》になっていただろう。

雪柳の白く可憐《かれん》な小花を、そよ風がサヤサヤと鳴らしていく。

初夏にしては冷たい風に身を縮めると、黒豹がするりと腕の中を脱して風上に背を向けた。まるで、自らの体を風避《かぜよ》けの盾にするかのように。

「ありがとう、クロ」

うっすらと斑点《はんてん》の浮いた毛皮を撫でながら、悠生は遠い眼差しでこの庭の風景を眺めた。

緑深い茂みの端から端へと、黄色い蝶《ちょう》がひらひらと舞っているのが見える。

鬱蒼とした木々の合間に、競うように咲く花々の種類には統一性というものがない。だが一見、野放図のように見える風景だが、最小限の手入れだけはきちんと施されたこの庭の眺めは、見ていると妙に心を落ち着かせてくれる雰囲気があった。

黒豹の存在と、この庭の情景とにいつも癒されて、悠生は「日常」に還る勇気を胸に奮《ふる》い起こすのだ。そうして重い腰を上げる。

だが今日はこうしていても、なかなか胸の暗雲が引いていかなかった。

「……どうして、僕は魔族なのかな」

独白に合わせて俯いた拍子に、黒い前髪が一筋、眉に降りかかる。

ここにきた当初、初等科《プライマリー》に間違えられたほど幼く見える顔立ちに、悠生は大人びた憂《うれ》いを載せて唇を噛《か》んだ。伏し目がちな瞳の色も、髪と同じく漆黒に沈んでいる。けれど——。

よく陽に透かせば髪はブルーブラックに、瞳は暗い錆色《さびいろ》にそれぞれ染まっていることがわかるだろう。これはヒトならざる血がこの身に流れることを物語る、何よりの証拠でもあった。

人間とは異なる魔物の血を宿した者たち、その者たちの総称を「魔族」という。

魔族には大きく分けて三種の血統があり、一つが狼男の素質を継ぐ「ライカン」、一つが「魔女」の素質を継ぐ「ウィッチ」、そして最後の一つが吸血鬼の素質を継ぐ「ヴァンパイア」——悠生の身には、この吸血鬼の血筋が受け継がれているのだ。

黒に近い鉄紺色の髪と、暗く沈んだ紅色の瞳、これはどちらもヴァンパイアの身体的特徴でもある。これらの色が濃ければ濃いほど、固有能力も高いとされるのだが、悠生の髪や目の色はどちらかといえばかなり濃い方だ。おかげでこんなところにくるはめになってしまったのだが……。

「こんな力、いらないのに」

そうぼやいた悠生を慰《なぐさ》めるように、黒豹がスルリと側頭部を擦りつけてくる。それを片手で宥《なだ》めながら、悠生は沈んでいた瞳の色を憂慮と沈痛とでさらに重くした。

魔族にはそれぞれ特質に合わせた能力というものが具《そな》わっており、悠生もその例外ではない。その能力を上に買われたがために、東京にある魔族のための学校「聖グロリア学院」から、この「アカデミー」への編入を余儀なくされてしまったのだ。

アカデミーといえば魔族の中でも、優秀な能力を持つ者にしか門戸《もんこ》を開かないことで有名な機関である。たいがいの魔族はかかわりすら持たずに一生を終えるのが普通と言われている。いくら努力を重ねたところで、誰もが歩める進路ではないのだ。

(普通は栄誉なんだろうけど、ね)

できることなら編入なんて断りたかった、といまでも思っている。いや——本当は、魔族の学校に通うことすら嫌だったのだ。

魔族という種族は、人間以上に家柄や資質、伝統やしきたりというものに重きを置く傾向がある。家の格や能力が低ければ低いほど、下に見られ軽んじられる風潮が強い。

家柄でいえば、『篠原』はヴァンパイアの中でもかなり下方に位置づけされる。目立った能力者を輩出するでもなく、独自の伝統を継ぐわけでもなく、取るに足らない瑣末《さまつ》な存在——それがこれまでの『篠原』に対する周囲の評価だった。

魔族が通う学校というのもそういったランクで厳しく分けられており、弱小の家筋に至っては小中高を人間と同じ学校ですごすこともあるのだ。

悠生も小学校まではヒトに紛れて、近所の公立校に通っていた。必要最低限のルールさえ弁《わきま》えていれば、人間社会の中でやっていくのはそれほど難しいことではない。小学校には仲のいい友人もたくさんいた。彼らと一緒に、地元の中学に上がるものとばかり思っていたのに……。

人生のレールが大きく切り替わったのは、小学校を卒業する数ヵ月前のことだった。

五歳のときに父親と死別して以来、女手ひとつで子供を育ててきた母親に「恋人」ができたのだ。相手はヴァンパイアの中でも名の知れた家柄の者で、悠生はいずれ父親となるかもしれない男の意向で、魔族の学校の中でもいちばんの名門と謳《うた》われるグロリア学院を受験することになった。

その時点では自分が受かるなんて夢にも思っていなかった。家柄や資質を厳しく問う校風に、まさか自分が認められるとは思わなかったからだ。

何の悪戯《いたずら》か「合格」の通知をもらい、悠生は仲のよかった友人たちと別れ、中等科からグロリアに籍を置くことになった。

その頃はまだ瞳も髪色もずいぶん薄く、能力も大したものではなかった。

グロリアには能力別階級制度というものがあり、チェスの駒《こま》になぞらえられたその階級グレードは、秀でている順に「K〈キング〉」、またはQ〈クイーン〉」「R〈ルーク〉」「B〈ビショップ〉」「N〈ナイト〉」「P〈ポーン〉」とランクづけられている。

入学時の悠生のランクは「P」。家柄にしろ能力にしろ優れた者たちばかりが集う中で、悠生は肩身の狭い三年間をすごした。

魔族に生まれてよかった、なんて思ったことは一度もない。できれば人間に生まれたかった、と思ったことなら数えきれないほどあるけれど。小学校までの生活に戻りたくて仕方なかった。だが恋人と幸せそうにしている母を見ると、何も言えなかった。

そのまま、高等科に上がった四月——。

階級《ランク》の昇降を決める試験時に、悠生はあるトラブルに見舞われた。同じ班で試験を受けていた生徒の「幻術」にかかり、一時的にパニックに陥ってしまったのだ。当時の記憶は曖昧《あいまい》だが、どうやら己の能力を暴走させてしまったらしい。

翌日から悠生のランクは「P」から「R」へと一気に跳ね上がった。その一週間後に、学院長から直々の呼び出しを受けたのだ。

『喜びたまえ。なんと、君の能力を見込んでアカデミーから入学許可が出たよ』

当然いくだろう？　と笑った学院長の顔は、ノーと言わせない迫力に満ちていた。それでも即答は避けたのだが、対応に不満を持ったらしい学院上層部によって、その日のうちに家に不当な圧力がかけられた。聞くところによると、グロリアは神戸の姉妹校・聖プレシャス学院に、アカデミー進学率で最近、後《おく》れを取っていたのだという。

退学か、アカデミー進学か。選択肢によっては魔族界で生きていくうえでの体面にかかわると、暗に匂わされては従わないわけにいかなかった。篠原のような弱小な家柄に、権力に抗える地力はない。そうして自分や家族の都合ではなく、お偉方の思惑でこの学院に放り込まれて、あとは放置されているのが現状だった。

グロリアとしては、生徒のアカデミー行きさえ取りつけられればよかったのだろう。ほとんど説明もないまま、悠生は追い立てられるようにして日本を発《た》った。

それが五月初旬のこと――。アカデミーにきていちばん困ったのは、共用語が英語で徹底されていたことだ。出発までのわずかな猶予《ゆうよ》で、堪能《たんのう》になれるわけもなく。

（英語なんて喋《しゃべ》れないのに……）

泣き言を言いたい気持ちを必死に押し殺して、悠生はせめて最低限のコミュニケーションだけでも図れるよう、語学クラスに通いつめた。自分なりに努力もした。

誰しも必要に迫られれば、どんなことでもそれなりには身につくのだろう。相手の言い分の半分くらいはどうにかわかるようになったのが一ヵ月後の六月初め。だが、言葉の覚束《おぼつか》ない悠生を煩《わずら》わしそうに見るルームメイトとの生活に、体の方が先に音を上げた。

それでも痛む胃を抱えながら、悠生は反りの合わないドイツ系ライカンとの生活を、その後さらに一ヵ月続けた。学業のみならず、生活面での態度や問題も成績にかかわると聞かされていたからだ。ルームメイトとの関係性も採点対象のうちだと言われては、波風を立てるわけにいかないと思った。

クラスメイトたち曰《いわ》く、教養課程ならまだしも、能力での実技課程や生活面での問題が出た場合には、強制帰国という処遇もあるのだという。

アカデミーのプログラムから脱落した者たちには「都落ち」というレッテルが貼られる。そんな醜《しゅう》聞《ぶん》をきっとグロリアは許さないだろう。だから耐えていたのに。

（国が変わっても、苛《いじ》めっ子の体質ってのは変わらないんだね）

どうやら自分をからかう手段として、「生活面で云々《うんぬん》……」というデマが吹き込まれていたらしいことを知ったのは、授業中に胃痛で倒れて医務室に運ばれてからだった。

気難しく、神経質で有名なルームメイトと何日暮らせるか、一部ではそんな賭けまで横行していたらしい。そのルームメイトに、部屋替えの申請を出されたのが一昨日のことだ。今日辺り新しいルームメイトが決まると聞かされているので、そのうち事務連絡のメールが端末に入るだろう。

(帰りたいけど、帰れない——……)

その狭間で揺れながら、自分はこれからもここで日々をすごさなければならないのだろうと思う。どう頑張ったところで、この機関からは逃れられないのだから。

「あ……」

急に周囲の明度が下がって、雲間に太陽が隠れたことを知る。この地域の天候はひどく移り気で変わりやすい。通り雨を危惧して空を見上げると、同様に顔を上げた黒豹がスンスンと鼻を鳴らした。ほどなくして現れた太陽が、また辺りに目映《まばゆ》い陽光を注ぎはじめる。

「よかった」

もしも雨の気配があるなら、開け放したままの窓を閉めに戻らなければならないところだった。学院の外れにあたるこの庭からでは、寮までどう急いでも十五分はかかる。杞憂《きゆう》にひと息つくと同時、ポロン……とジャケットの内側からピアノの音色が零れ出した。

(事務局からのメールかな)

生徒たちには各自ひとつずつ、敷地内でのみ使用可能な端末が配布されている。

「あ、やっぱり。えーと」

芝生の上で膝を抱えながら、画面に並ぶ英語メールと格闘していると、ふいに黒豹が小さく唸り声を上げた。

「クロ……？」

この辺りの区画は一般学生の「立入禁止区域」に指定されているため、そう滅多に踏み込んでくる輩《やから》はいない。加えて生徒たちの噂《うわさ》によれば、奥庭を根城とする「黒豹」は、獰猛《どうもう》でひどく好戦的なのだという。確かに以前、この庭に忍び込もうとした学生たちを邪険に追い払う姿を見かけたことがある。彼が牙を剥いて威嚇する様など、悠生にとっては初めて見る光景だった。

どうやら黒豹は、自分だけを格別の存在として扱ってくれているらしい。

悠生にとっても彼が特別であるように――。

「誰かいるの……？」

金色の瞳が睨《にら》み据《す》えている方角に怯《おび》え混じりの視線を向けると、ふいに茂みの陰から自分と同じ制服姿がすいっと現れた。

「ごめん、驚かせる気はなかったんだけど」

降伏の意を示すように軽く掲げられた両手を見つめながら、投げかけられた言葉を反射的に翻訳しようとするも。

「君、篠原くんだよね」

（日本語……？）

鼓膜を打ったのが久しぶりに聞く母国語だということに、悠生は数秒してからようやく気がついた。

「そう、ですけど……」

「はじめまして。今日から君のルームメイトになる、鴻上祐一《こうかみゆういち》です」

「君が……？」

「そう。事務局から何も聞いてないかな」

慌てて液晶に並ぶアルファベットに、再度視線を走らせる。

「Yuichi Kohkami……」

文中にローマ字で綴《つづ》られていた人名を口にすると、彼はジャケットから取り出した生徒手帳のＩＤページを提示してみせた。

「少なくとも、彼の敵ではないつもりだよ」

身振りのたびに唸り声を上げる黒豹に向かって、祐一が困ったような微笑を送る。

「実は、事務局から預かり物があってね。君を探してたんだけど、まさか立入禁止区域にいるとは思わなかったな」

「……誰かに訊《き》いてきたの？」

「いや、たまたま目撃情報を拾ってね。こっち方面に走っていく君を見たって人がいたんだよ。デマじゃなくてよかった。——それにしても、この庭の眺めは綺麗《きれい》だね」

胸元に手帳を収めながら、祐一がゆったりとした仕草で首を巡らせる。

甘いボルドー色の髪に、萌黄《もえぎ》色の瞳。それだけで彼の素性がウィッチなのだと知れる。

ウィングカラーにシルクの黒タイ、フォーマルなブラックジャケットに濃灰のストライプボトムという——どこかのパブリックスクールを模したような制服も、自分が着ている分には借り物にしか見えないのに、すっきりと背筋の伸びた祐一が着ているととても絵になる光景だった。

品のいい仕立てをそつなく着こなせるのは、面立ちや佇《たたず》まいにストイックな清潔感があるからだろう、と相対していて思う。

「大丈夫だよ、クロ」

タイミング次第ではいまにも飛びかかりそうだった黒豹を宥めながら、悠生はスラックスを叩いてその場に立ち上がった。

彼とならきっと、まともな会話ができるだろう——そんな気がした。

祐一の視線は変わらず、周囲の風景に据えられている。ややして嘆息すると、祐一は感心したように頷いてみせた。

「ここは不思議な庭だね、驚くほど季節感が混在してる。雪柳なんて日本では春に咲く花なのにね。いまよりも寒い時分に」

そう言いながら、祐一が垂れ下がった真っ白い枝をふわりと撫でる。

「向こうでは金木犀《きんもくせい》を見かけたし、かと思えば入り口付近では寒椿《かんつばき》や、ブーゲンビリアが満開——。この無秩序ぶりは、さすがは魔族の庭ってところなのかな」

そう言われて初めて、この庭の風景の特異性に気づく。雪柳にしたって、考えてみれば悠生が初めてこの庭に迷い込んだときからずっと咲き続けているのだ。

日本に比べれば緯度が高いのか、この時期になっても長袖が手放せず、朝晩は肌寒いくらいなのだが、それは四季折々の花が一斉に咲き誇る理由にはならない。

「だから、立入禁止なのかな」

思わずぼそりと零すと、祐一は軽やかに笑ってから「どうだろうね」と首を傾げた。

「ほかにも理由はありそうだけど——でもこの眺めは一見の価値があるんじゃないかな。たとえ、禁を犯したとしてもね」

祐一の声音に、侵犯を非難する響きはない。この庭にいるのを見咎《みとが》められるのは初めてだったから、もしかしたら追及されるのかなと構えていたのだが、そんな意思は最初からないようだった。

（よかった、怒られるかと思った）

安心した途端に肩から力が抜けていく。悠生の緊張が緩むのを察したように、黒豹が耳を反らしてこちらを見上げてきた。金色の目にはまだ強く不信の色が残っている。

（大丈夫、僕らの敵じゃないよ——）

黒い毛皮を撫でながらもう一度宥めるも、まだ信用できないのか、黒豹は不満げにピスピスと鼻を鳴らしていた。それを笑って眺めてから祐一に向き直る。

「ところで預かり物ってのは……」

「ああ、事務局に君の手帳が届いててね。さっき入寮手続きで顔を出したときに、ついでに渡してくれって頼まれたんだよ」

歩みよってきた祐一に、「ハイ」と手帳を手渡される。

それは確かに数日前に紛失した生徒手帳だった。まさか見つかるとは思っていなかったので、胸の痞《つか》えがこれでひとつ取れた気がした。再発行の書類手続きもむろんすべて英語なので、臆したまま数日が経過していたのだ。

ジャケットの内ポケットに手帳を収めると、慣れた重みに安堵の吐息が知らず零れた。

「できれば早く渡した方がいいと思って、昼休みからずっと探してたんだ」

「ありがとう。お手数おかけしました」

その場でペコリと頭を下げると、祐一は虚を突かれたように一瞬目を丸くしてから、優しい面立ちをふわりと綻《ほころ》ばせた。

「どういたしまして」

そう返しながら、祐一も軽く頭を下げる。

（こんなやり取り、久しぶりだな）

思いがけず目頭が熱くなって、悠生は慌てて顔を俯けた。袖口で軽く目元を押さえる。

「どうかした？」

「……ううん、何でもない」

同郷の生徒自体は他にも何人かいるのだが、日本語で話しかけてくれたのは祐一が初めてだった。他の生徒たちはたとえ悠生が日本語で話しかけても、意地悪げに英語で答えてくるのだ。それも、わざと聞き取れないような早口で。最初の一週間で、悠生は自分からのアプローチを諦めた。

一人でいる方が気が楽だし――。そう自分を騙《だま》しながらここ数ヵ月やってきたのだが、祐一との短いやり取りで、自分がどれだけ疲弊《ひへい》していたか、思い知らされた気がした。過剰なプライドや自己顕示欲でいっぱいのエリートたちに揉《も》まれるには、自分は弱すぎるのだろう。身体的にも精神的にも。

スン……と小さく鼻を鳴らすと、祐一がまた穏やかに微笑んでみせた。

「けっこう疲れるよね、ココ」

「え？」

「編入してもう一ヵ月経つけど、ここの風潮にはまだ慣れないよ。成績や能力がすべてっていうのは、息苦しいよね」

「一ヵ月前から……？」

「そう。——と言っても、先週まで別棟で集中プログラムを受けてたから、寮生たちと顔を合わせるのは今日が初めてだよ」

よろしくね、と差し出された手に、おずおずと悠生も掌《てのひら》を重ねる。途端にまた小さな唸り声が下から聞こえてきた。

「こら、クロ」

制止するそばから、祐一と自分とを引き離すように体を割り入れてきた黒豹が、長いしっぽを不機嫌げに振って、さらに低く唸る。

「君に近づく僕は、悪者ってわけだ」

また降参ポーズを取りながら、祐一が後退して距離を取る。ようやく唸るのをやめた黒豹が満足げに顎を反らしてみせた。

「——本当にすごいね。ここの黒豹は誰にも懐かないって聞いてたけど」

「そうなの？」

「彼がいるから、この庭は立入禁止なんだって説もあるくらいだよ。ところでここに座ってもいいかな。彼は許してくれると思う？」

地面を指して微笑む祐一に、笑って応じる。彼が腰を下ろすのと同時にしゃがみ込むと、悠生は身構えようとしていた黒豹をさっと腕の中に閉じ込めた。

「いい子だから、大人しくして」

囁《ささや》きながら耳の裏を撫でると、観念したように強張《こわば》っていた筋肉から緊張が抜けていく。

祐一への態度を見ていても、きっと自分以外にはああなんだろうと思う。では、なぜ自分にだけは心を開いてくれるのか。

（クロに言葉が通じれば、訊けるのにな）

もしも意思の疎通が図れたら、彼はきっと最高の相棒になるだろう。

そんな夢物語を思い浮かべながら、悠生は手触りのいい毛並みに指を滑らせた。

「ところで、授業はいいの……？」

「ああ、僕は明日からなんだ。今日はここにきて初めての休日。でもやることが特に思いつかなくてね。よかったら雑談に付き合ってくれないかな」

悠生がここで膝を抱えていた理由も、祐一は察していたのかもしれない。午後の講義に出る気はとうに失せていたので、悠生は喜んでその誘いに乗った。

「——へえ、そんなことがあったんだ」

祐一がアカデミーにきた経緯やその能力、集中プログラムの内容などを聞いているうちに、悠生はいつしか黒豹の存在すらを忘れかけて身を乗り出していた。

「でも能力が二つあるなんて、すごいことだよね。初めて聞いたもん、そんな話」

「それが、ここにきたらそうでもなくって」

「そうなの？」

「ね。むしろ僕より君の方がすごいと思うよ。有効範囲がそこまで広い能力者なんて、アカデミーでもめずらしいんじゃない？」

「……そう、なのかな」

確かに能力の面では、アカデミーにおいても高評価を得ている。だがこの能力があるからといって、自分が得することは何ひとつないのだ。祐一や他の生徒たちみたいに自分にも有益な能力であれば、少しは自信が持てたかもしれないのに。

「充分、胸を張っていいことだと思うけどな」

「辺りをただ暗くするだけなんて……能がないよ。『闇使い《ダークネス》』なんて呼び名だけならかっこいいけど、これってけっきょくは誰かのための能力だよね」

（自分にはむしろ、不利益なことばかり）

初めて能力が覚醒《かくせい》したのは、五歳のときだった。真っ昼間だというのに家中を闇で包んでしまい、そのせいで母親は二階の階段から足を踏み外してしまったのだ。

周囲に危険が及ぶ類《たぐい》の能力は、何よりもまずコントロールを覚えさせられる。滅多に発動しないよう心に鍵をかけてからは、悠生はヒトの子供とほとんど変わりない存在になった。そんなこともあり人間と同じ学校に通っていたのだが、グロリアでその鍵を外すよう言われてからがまた大変だった。

これまでずっと抑制していた分、解くのにかなりの時間を要したのだ。完全に解除するきっかけになったのは、四月の昇降試験でのトラブルだった。パニックに陥《おちい》った悠生は、一時的とはいえ「学院の敷地すべて」を闇に埋めてしまったのだという。

たいがいの『闇使い』の能力範囲は、半径十メートル程度が精々らしい。自分の能力が破格にあたることはさんざん周囲にも聞かされたけれど、本人からすれば「だから何？」という話だ。暗闇を作り出したところで夜目が利くわけでもない悠生は、その内側で途方に暮れるしかないのだ。

きっと誰かにとっては都合のいい能力となり得るだろう。利用したいと考える輩もいるかもしれない。そんな能力に、誇りなど持てるだろうか――。

「この力を持っててよかったなんて思ったこと、一回もないよ。逆にこの力のせいで嫌な思い、たくさんしてる」

「――ずっと、つらかったんだね」

「うん……」

この数ヵ月、素直にそう言える環境がいままでなかったことが、何より自分を苦しめていたんだといまさらながらに気づく。

「すごく、つらかった……」

大変だったね、と誰かにひと言もらえるだけでこんなに違うのかと思うほどに、気持ちが軽くなっていく。胸の鬱積が少しずつ崩れて、ゆっくりと溶けていくようだった。

悠生が泣きそうな気配を察したのか、いままで大人しくしていた黒豹が心配げに顔を近づけてくる。

大丈夫だよ……と囁きながら、艶やかな毛皮に一滴、涙を落としたところで。

「あ」

またポケットでピアノが鳴った。さきほどと同じ優雅な旋律が、ゆったりと周囲に音符を散らす。

見れば、先日提出したレポート結果について報告する事務局からのメールだった。そこでようやく、時間の感覚を取り戻す。

「もうすぐ放課後なんだね」

「どうりで、風が冷えてきたわけだ」

気づけば傾いていた陽が、スッと雲間にまた姿を消す。急に見づらくなった画面に慌てて目を凝《こ》らしたところで。

「サティだね、いまの曲」

と、祐一が静かな声で告げた。

「え？」

「**Je te veux**――フランス語で『あなたが欲しい』って、タイトルの曲だよ」

「へえ……」

誰の趣味なのか、アカデミー仕様の携帯にはクラシックの着信音しか入っておらず、ひとまず聞き覚えのある曲を選んでみたのだが、そのタイトルや作者までは知らなかった。

「フランスの風変わりな作曲家でね、きっとその黒豹の方が詳しいんじゃないかな」

え？　という反問と同時に、ピタンと額に水滴があたった。危惧していた、通り雨の襲来だ。

「まずい、寮に戻らないと……」

今日は朝から快晴だったので大丈夫かと思っていたのだが、読みが甘かったようだ。

「僕も一緒に帰るよ。荷物が届いてるか、確認しなきゃいけないし」

「じゃあ、急いで戻ろう」

全開の窓から雨が吹き込んだら、窓際のベッドは壊滅的な被害を受けるだろう。慌てている理由を話すと、祐一は朗《ほが》らかな声で「それは困るね」と楽しげに言った。

「寮入り初日に、難民はちょっと」

だよね、と思わず顔を見合わせて笑い合う。まだ雨足はそれほど強くない。早足で戻れば充分間に合うだろう。だが立ち上がるなり駆け出そうとした悠生のスラックスを、黒豹が素早く咥えて引き止めてきた。

「ちょっ、クロ……？」

まるでいくなと言うように、金色の目がじっとこちらを見上げている。グイグイと裾《すそ》を引っ張って、寮とは反対側へ誘おうとする仕草に、悠生は眉をよせて首を傾げた。

そちらに古びた小屋があるのは知っているが、そこでの雨宿りを勧めるかのような行動に困惑していると、祐一が通る声で何事か呟いた。

「――――」

日本語ではない。響きから英語でもないだろうと思う。すると急に大人しくなった黒豹が、悠生のスラックスを解放した。

「いまのは……?」

「フランス語だよ。英語と違って、簡単な単語くらいしかわからないんだけどね」

(フランス語……)

それがこの場でどんな役に立つというのか。だが脳裏に引っかかっていた疑問は、雨足が強くなってきた、と急かされた途端にどこかへと紛れ込んでしまった。

「じゃあね、クロ」

心なしか項垂《うなだ》れて見える黒豹に手を振ると、悠生は足早に祐一の背中について、暗い森の中へと踏み入った。

想出【souvenir】

クロ——。

彼にそう呼ばれるたびに、俺は失いかけていた気力を取り戻していくような気がした。

死なないためにメシを掻き込み、この庭を守るためだけに生きていた俺が、いつの間にか彼に会える「明日」を待ち侘《わ》びるようになっていたのだ。あの人の死以来、遠ざかっていた未来が、気づけばまた広く目前に広がっているような心地だった。

似ているところなんてひとつもないのに、彼といる時間はあの人とすごしたときのように、穏やかでとても緩やかなものだった。いつしか名を呼び、撫でられるだけで、俺は浮き上がるほどの幸福を感じるようになっていた。

だが安息を得ている俺とは対照的に、彼はいつも泣き顔でこの庭を訪れた。彼に笑って欲しくて、俺はいつだって必死になった。少しでも心安らぐきっかけになればと、花を摘んでは足元に添えた。気づいたらあの人にもらったハンカチまで持ち出して、彼の涙を止めるのに懸命になっていた。

彼が俺に向かって花のような笑みを見せてくれたときは、生きててよかったと心から思った。これまでの人生でそんな感情を持ったのは、これが二度目だった。

(彼には、いつだって笑顔でいて欲しい)

そのためなら何でもしたいと思った。恋を自覚するまでにそう時間はかからなかった。

最初の恋は、悲しい結末を迎えてしまったから――。

今度の恋は、誰にも告げずに内緒にしていようと決めた。きっと俺がまた恋に落ちたと知ったら、ヤツらはこぞって首を突っ込んでくるに違いない。いま考えれば、俺が自分の気持ちを打ち明けたりしなければ、あの人を困らせ、悲しませることもなかったのかもしれない。

そう思うたびにいまでも胸は痛む。だからせめて彼は泣かせたくなかった。自分のせいでつらい思いなんてさせたくない。俺はずっと見守る立場でいようと心に決めた。

――とはいえ、涙の原因は気になる。

何度かこの庭を抜け出して、学院まで彼の様子を窺いにいったことがある。

彼はいつも一人でいた。いや、話しかけても無視されたり、人の輪からわざと外されているようにも見えた。だから、好んで一人でいるわけではなかったのだろう。

年齢のわりに細く華奢《きゃしゃ》な肢体は、体格のいい同年代に囲まれるとさながら小動物のように見えた。低い背丈のせいか、どうやら上目遣いが癖《くせ》になっているらしく、それをよくからかわれてもいた。どこにいても自信なさげに身を小さくしている姿に、俺は彼を守らねばならないと強く思った。

(彼を笑顔にできるのは、俺だけ――)

俺だけが彼の味方なんだと、あの笑顔はこの先も俺だけに向けられるものなんだと、愚《おろ》かにもそう信じ込んでいたのだ。

そうじゃなかったと知ったいまの失望を、どんな言葉で表せばいいのかわからない。

俺だけが知っているはずの笑顔を、彼は今日初めて見る人物に、惜しげもなく向けてみせたのだ。

どす黒い嫉妬《しっと》で、毛並み以上に胸が真っ黒になった気がした。

(俺が、隣にいるのに……)

彼はやがて俺がそばにいるのも忘れて、あいつとの話に夢中になった。あんなに嬉《うれ》しそうな彼を俺は初めて見たのだ。あいつと去ろうする彼を、俺は堪らず引き止めていた。そんなヤツとどこへいくつもりだよ？　声にならない悲痛な叫びも、彼なら聞き分けてくれると思ったのに。

『君は、彼を困らせているよ』

言われた言葉どおり、彼は小作りな顔いっぱいに困惑を浮かべて俺を見ていた。

彼の表情を曇らせたのが、俺だなんて……！

その事実に何よりも打ちのめされて、俺は彼の背中を見送ることしかできなかった。

でも、明日また彼がここにきてくれる保証なんてどこにあるだろう？

彼の孤独を癒《いや》していたのが俺だったとして、その役目が今日、俺じゃなくてあいつに移ったのだとしたら――？　俺は不要な存在として切り捨てられるのかもしれない。

あの人に続いて彼までを失くしてしまったら、俺はどう生きればいいのか。

また存在意義を失ったら、今度こそ生きていられる自信がなかった。それくらいに彼は、気づいたら俺のすべてになっていた。

(彼は、誰にも渡さない)

幸いにも俺はその術を知っているのだ。どうすれば彼を失くさずに済むか、俺だけのものにすることができるか。

たった一言、告げればいいのだ。

俺が、彼に「恋」をしたと。そうすればヤツらは、すぐにも動きはじめるだろう――。

2【deux】

翌日、悠生はひどい寝不足で朝を迎えることになった。

寮に帰ってからも祐一と喋りどおしで、つい夜更かしをしてしまったのだ。おかげで喉の調子もよくないのだが、どちらの不調もけしてつらくはない。むしろ――。

(誰かとあんなに喋ったの、久しぶり)

どんな言葉も真摯《しんし》に受け止めてくれる祐一の姿勢に、悠生は気づいたら苦しい胸のうちもすべて明かしていた。ここにきて以来、初めて心を許せる人物に出会えた気分だった。

(彼が同室になってくれてよかった)

昨日までは憂鬱《ゆううつ》だった学院生活も、今日からは明るい気持ちで乗りきれるような気がする。快《こころよ》い充足感を味わいながら、悠生は身支度を整えるなり部屋をあとにした。

同室の祐一は悠生よりだいぶ前に部屋を出ている。学力の高いクラスほど始業が早いので、いま寮に残っているのは下から数えた方が早いクラスの面々ばかりだろう。

いつもどおり食堂で朝食を取ってから、もう一度、鞄《かばん》を取りに部屋まで戻る。それから寮を出て、歩いて数分の学舎を目指す。そこまではいつもどおりの日々だった。

その歯車が狂ったのは、学院へと続く一本道を歩いている最中のことだった。

「あ、君」

背後から声をかけられて振り向いた瞬間、プシューッ……と、顔に何か吹きつけられた。

（え――……!?）

それを咄嗟《とっさ》に吸い込んでしまった直後で、記憶はプツリと途切れている。

――次に目を開けると、悠生は見たこともない部屋のソファーに寝かされていた。

「やあ、目が覚めたかい」

聞き覚えのない声に、まだ霞《かすみ》がかった意識のまま首を巡らせる。

（ここは……？）

事務室といった風情の室内には、悠生がいるソファーのほかにはワークデスクがひと組あるだけだった。油圧式のチェアに腰かけた白衣の男が、無表情にこちらを見ている。

「さて、気分はどうかな」

（この人は……？）

まったく見覚えのない顔だった。赤毛と緑眼からウィッチだろうことはわかる。年は二十代前半といったところか。

「あの……」

嗅《か》がされた薬のせいか、重たく感じる体を起こすとやけに脚の間が涼しく感じられた。

「え、え……？」

見ればいつの間に着替えさせられたのか、自分が着ているのは制服ではなく、病院の検査着のような簡素なものだった。しかもその服はかろうじて脚のつけ根を隠す程度の丈しかない。下着すら脱がされていることに気づいた悠生は、返事をする余裕もなく慌てて短い裾を引っ張って伸ばした。

「ああ、着替えさせたの俺だから。そんなのいまさらだと思うけどね」

「な、何でこんな……」

混乱で目を白黒させる悠生に一瞥《いちべつ》をくれると、男は手にしていた万年筆を指先で弄《もてあそ》びながら酷薄《こくはく》げに唇を歪めてみせた。

「とりあえず先に言っとくと、俺は親切な男じゃない。君の質問にいちいち答える義務もないしね。ただひとつ言えるのは、君は『選ばれた者』だということだ」

「選ばれた……？」

「名誉なことだよ――そして拒否権はない。さて、時間もないから手短にいこうか」

悠生の様子になどまるで頓着しないままにチェアを移動させると、男はソファーの前でキャスターを止めた。男が近づいてきた途端に、ツン……と薬品の匂いが鼻をついた。アカデミーには学院以外に研究機関もあるというから、そこの局員なのかもしれないと思う。

（だとしても、なぜ）

不信と不安が募るも、答える気はないと言っていたので何を訊《たず》ねたところできっと無駄だろう。悠生は焦燥を押し殺しながら、じっと男の出方を待った。

「名前は篠原悠生くん、で間違いないよね。いくつか確認事項があるんでよろしく」

「あの……」

「ちなみに俺は磯崎《いそざき》、日系だよ。君が英語に暗いってんで、臨時で駆りだされた通訳みたいなもんさ。とりあえず君にはこれから、マッチングテストを受けてもらうよ」

「マッチングテスト……？」

「そう。キメラとのね」

（キメラ……？）

手にしたクリップボードに万年筆を打ちつけながら、磯崎は不可解な言葉を立て続けに発する。

「ま、テストってより、もう本番なんだけどね。あ、先にシャワー浴びたい？」

「シャワー、ですか……？」

「まあ、下手に体臭落とさない方が野獣好みかもしんないけど。んじゃ、ナシで」

そう勝手に結論づけると、磯崎はボードの用紙にいくつかチェックマークをつけていった。ふいにその手が途中で止まる。

「ところで君って、インターセクシュアルだよね？　日本語だとえーと、半陰陽？」

「あ……」

その単語を聞いた途端に、悠生は体が強張っていくのを感じた。生まれてこの方、何度となく聞かされてきた言葉なのに、いつ聞いても耳障《みみざわ》りなフレーズだ。

雌雄《しゆう》どちらの機能をも併せ持つ体――「半陰陽」という体質自体は、魔族の中ではめずらしいものではない。雌体を基本とするか、雄体を基本とするかで外見の違いはあるけれど、生殖においてどちらの役割をもはたせることに変わりはない。

悠生も男の外見を持ちながら、受胎が可能な体質を持っている。それを隠しているつもりはないが、長年のコンプレックスにはなっていた。同年代と比較して華奢な体型を揶揄《やゆ》されるとき、必ずと言っていいほど引き合いに出されるのがその単語だったからだ。

「まさか、違うとか言わないよね？」

「あ……いえ……」

「だよね。これで半陰陽じゃなかったら、それはそれで面白いことになったろうけど」

磯崎がひときわ大きな仕草で、チェックマークを用紙に書き入れる。

「ふうん、四月に十六歳になったばかりか。じゃあ成熟は済んでるってわけだ」

「……はい」

半陰陽には生殖機能のほかにも、一般の魔族と違ういくつかの特徴がある。

そのひとつが成熟期の違いだった。通常、魔族は十三歳までに生殖可能な成熟期に移行するのだが、半陰陽の場合にはそれが十六の誕生日と期日が決まっているのだ。

「そしたら発情期も経験済みだね。四月からこっち、二度目のヒートってあった？」

「いいえ……」

成熟期を迎えた魔族は、誰しもその証として「発情期《ヒート》」というものを経験する。魔族は互いがヒートでないと受胎しないという、独特の体内システムを持っているのだ。

一度のヒートは約一週間で、その間は普段の何倍もの性衝動を感じるようになる。その周期は個体によってもまちまちだが、一ヵ月から三ヵ月に一度のペースで巡ってくる。

四月半ばに初めてのヒートを経験して以来、悠生はまだ次の発情を迎えていなかった。

(どうして、そんなこと訊くんだろう)

そう思った矢先に、磯崎はさらりと衝撃的なことを言ってのけた。

「じゃ、これが二度目のヒートだな。君にはさっき、発情誘発剤を打っといたから」

「え……!?」

「じきに効いてくるよ。そろそろ体が熱くなってきてるんじゃない?」

反射的に裾から離した手で、自身の肩を抱き締める。実は先ほどから妙な暑さを感じていたのだ。

冷房の効いた室内でこんな薄着でいるというのに、悠生の全身はうっすらと汗ばみはじめていた。

(この感覚には覚えがある……)

動悸も少しずつ上がっているのか、気づけば呼吸のたびに肩が上下していた。

「何で、そんな……」

「言ったろ、質問には答えないよ。許婚《いいなずけ》の詳細については現在調査中——か。これはあとからどうとでもなるね。ちなみに君はバージン?　それとも経験者?」

「ケイケン……?」

目の前にいるはずの男の声が、急に遠くなったり近くなったりする。ともすれば大きなうねりに意識が呑み込まれてしまいそうだった。

　動悸や発熱、欲情の兆《きざ》し——これはまさにヒートの症状だ。

「後ろだよ、使ったことある？　調書によると、許婚にはマーキングされてないんだね。ふうん、一度目の発情は薬でやりすごしたのか。じゃあ、それ以前にほかの男を咥え込んだことは？」

「そんなこと……っ」

　ヒートのせいではなく、羞恥《しゅうち》で紅潮した悠生に磯崎はピュイッと口笛を吹いた。

「十六すぎてバージンとはめずらしいね。やれやれ。『ノワール』もつくづく、好都合な人材に惚《ほ》れてくれたもんだ」

「ノワール……？」

「これからこの部屋にくる男の通称だよ。君は彼のやることに、ただ従ってればいいから。目を瞑《つむ》ってじっとしてりゃ、じきに終わるよ」

（何が？）

　反射的に訊ねようとして、唇がうまく動かないことに気づく。いつの間にか重だるさの増した体を、ソファーによりかからせているだけでも精一杯だった。

「あいつらの発情期って、魔族よりきつくて長いって話だけど。まあ頑張って」

　一人で次々と話を進めながら、磯崎が二枚目の用紙に万年筆を走らせる。霞む目でそれを見つめながら、悠生はどうにか逃げられないものか、必死に頭を働かせた。

　話の流れから察して、これからよくないことが起きるのは間違いない。ヒートの症状も放っておけば悪化する一方だろう。

（そうだ、この辺りを暗闇にして……）

その隙《すき》にこの部屋を出て、壁伝いに逃げられはしないだろうか？　そう思った直後に。

「あー無駄だから」

と、磯崎が笑って首を傾げてみせた。

「悪いね。俺、思考が読めるんだよ。質疑は虚偽がないかの確認ってわけ。で、君の能力はもう封じてあるから。首に手をやってごらん、何かあるのがわかるだろう」

言われたとおり首筋に伸ばした手に、何か柔らかいモノが触れる。グニャリとしたそれはまるで首輪のようだった。だがどんなに目を凝らしても、指で引っ張ったソレを目で見ることはできない。

「不可視の首輪だ。つけている感触もほとんどなかったろう？　それは魔具といってね、中世から伝わる刑罰用の首輪なんだよ。嵌《は》めている間はその者の能力を無効化できる」

「――……」

そう告げる磯崎の表情があまりに淡々としていて、悠生は言葉も返せないまま、首輪から外した指を力なく膝に落とした。

（逃げられないんだ……）

「そう、無駄な足掻きはよした方がいい。観念した方が賢明だと思うけど」

勝手に読んだ思考に返事をしながら、磯崎はさらにチェアを近づけてきた。

「さてと、貯蔵量の確認もしとかないとね。ちなみにいま、どれくらいの頻度でマスターベーションしてる？」

「え、あ……」

「週一程度？　そりゃ少ないね。ということはけっこう溜まってるかな。んじゃ実地で確認したいんでタマ揉ましてくれる？」

「え……っ!?」

「重さ確認するだけだから。これけっこう重要なんだよね。ま、誘発剤が媚薬も兼ねてるから、半日もすりゃ空《から》になるか」

言いながら剝き出しの膝を無遠慮に撫でられて、悠生はピクンと爪先を震わせた。ヒートで過敏になった素肌は、些細《ささい》な刺激をいつもの何倍にも感じてしまう。

「敏感だね」

尖った膝をさすっていた掌が、そのまま上へと移動をはじめる。必死に隠している箇所がいまにも反応してしまいそうで、悠生は唇を嚙み締めて首を振った。

「や、やめてくださ……」

「遠慮しなくていいよ。何ならノワールの前に一発、抜いてあげようか」

「や……っ」

下肢に無理やり手を差し入れられそうになったところで、急に磯崎の体が暴力的な音とともに視界から消えた。

「いっ、てえ……。相変わらず粗暴だな」

チェアごと倒れたらしい磯崎が、床に這いつくばりながら呻《うめ》くのが聞こえる。

「え？」

どうやら殴り飛ばされたらしい、と気づいたのは、いつの間にか磯崎の傍らに拳を握った長身が佇んでいたからだ。

（もしかして、この人が……？）

そう思った直後に、「そう。彼がノワールだよ」と磯崎が痛みに顔を歪《ゆが》めながら告げる。

「あなた、が……」

長身の男は冷めた一瞥を磯崎に送ると、早口で何か吐き捨てた。日本語でも、英語でもない響きが耳に残る。

（ノワールって……）

確かフランス語で『黒』を表すのではなかったろうか？　自分の知識に自信はないが、もしそれが正解なら、彼はあまりにその名の似合う風貌《ふうぼう》をしていた。

褐色の肌に、精悍《せいかん》な顔つき。純然たる漆黒の髪は、まるで闇夜のような暗さに満ちている。金色の瞳は野性味に溢《あふ》れ、端整な面立ちとも相まり、まるでしなやかな肉食獣のようだった。

年の頃は二十代半ばといったところか。短めの黒髪が覆う頭はとても小さく、頭身でいえば九頭身は軽いだろう。腰の位置が驚くほど高く、立っているだけでも絵になっている。ブラックジーンズにはだけたシャツを羽織っているだけという格好も、彼のスタイルのよさをより際立たせていた。

（まるで、モデルみたい）

こんな状況だというのに緊張感なくそんなことを考えてしまったのは、それくらい彼の容貌《ようぼう》が研ぎ澄まされた美しさを持っていたからだ。作り物かと見紛うほどに。

「やれやれ、俺の役目はここまでだね。しっかり孕《はら》ませてもらいな」

(え——?)

床に胡坐《あぐら》をかいた磯崎が、犬を追い払うような仕草でシッシッと掌を返す。途端にふわりと体が浮いて、悠生は気づいたら男の腕の中で横抱きにされていた。

(なんて、綺麗な人なんだろう)

「————」

何事か囁かれながら間近で見つめられて、思わず息が詰まりそうになる。すると驚くほど自然な仕草で唇を重ねられて、悠生はいよいよ呼吸を忘れた。

「ん……っ」

閉じていた唇を柔らかく割ってきた舌が、するりと中に入り込んでくる。熱くざらついた舌を絡《から》められた瞬間、悠生はビクビクと腕の中で身を震わせた。

(ウ、ソ……)

キスですら初めてだというのに、薄い衣服の下で勃ち上がったソコが、トロリと先端を蕩《とろ》かせる。それを察したのか唇を外すと、男は宥めるようなキスを頬に落としてから、おもむろに悠生を抱いたまま歩きはじめた。

「え……、どこへいくの……?」

悠生の掠れた問いかけに、男はニッコリと笑うだけで答えてはくれない。部屋を出るなり迷いのない足取りで通路を進むと、男は突きあたりの扉を声紋認証で開けた。その先には奇妙な円形の部屋が広がっている。

「ここは……？」

中央に丸く大きなベッドがあるきりで、他の調度品は何も見あたらない。シーツの上には大小のクッションが山のように置かれていた。だがそれ以上観察する間もなく、悠生はベッドに下ろされるなり、またも男に唇を塞《ふさ》がれてしまった。

「ん、ぅン……っ」

背中を支えていた手がいまは後頭部に回されているせいで逃げることも叶わない。侵入してきた舌に上顎をくすぐられて、悠生は思わず身をよじった。

「……っ、ンん……っ」

素肌の下でシーツが乱れる感触にすら煽《あお》られて、悠生は息も絶え絶えに男の胸を押し返した。だが薬のせいで力が入らず、大した抵抗にはならない。濡れた音を立てて外れた唇が、吐息とともにまた何か囁いてきた。

「何……？」

間近で見つめた瞳が柔らかく笑むのと同時、息衝いた下肢の狭間に彼の手がやんわりと添えられる。

「あっ」

布地の上からでもわかる屹立《きつりつ》を、大きく熱い掌が優しく撫でさする。小さく喘《あえ》いだ唇の隙間にまた舌を差し込まれて、くぐもった悲鳴が立て続けに零れた。

「う、ンンー……っ」

唇を重ねた途端に激しくなった愛撫が、未成熟な性器を服の上から苛《さいな》む。

「――――……ッ」

イヤというほど擦られて一気に絶頂近くまで追い込まれた体が、男の腕の中で淫《みだ》らにのたうった。

だがどんなに身を捻《ひね》っても、男の的確な刺激が外れることはない。

「もう……イッちゃ、う……っ」

必死にキスから逃れて悲鳴を上げると、男がまた低い囁きを耳元に吹き込んできた。

(何……？　わかんない……)

涙ぐんだ目で金色の瞳を見返すと、男は優しい仕草でクッションの山に悠生の背を預けさせた。言葉の意味はわからなかったがとても柔らかだった眼差しに、このままやめてくれるのかと思ったのだが――そこからがまた、地獄のような愛撫のはじまりだった。

「やっ、ィや……っ、ア……ッ」

極めそうだった悠生を焦《じ》らすように、濡れて貼りついた布地の上から過敏な先端だけを摘まれてカリカリ……と爪を立てられる。

「……ッ、……んっ」

そのたびに悠生は息を引き攣らせながら、また再開されたキスで呑《の》み込みきれない唾液を唇の端から溢れさせた。それを男に啜《すす》り舐め取られるごとに、意識が衝動に呑まれていくようだった。

鋭敏な箇所を責める刺激に、ガクガクと悠生の全身が戦慄《わなな》く。だが押しつけられたクッションに体が埋もれてしまい、些細な身動きすらままならない。

抵抗を封じられた悠生に、男はさらに酷な愛撫を続けた。

「ん……ぁ、……ンッ」

器用に動く指が胸の尖りにも伸ばされる。小さな突起を優しくコリコリと揉まれるたびに、跳ね上がる舌を甘噛みされた。服の上から爪の先をわずかに引っ掻けるような刺激がいちばんつらくて、続けられるうちに官能の種が体のあちこちに芽吹くようだった。

「やっ、ヒ……ッ」

尖りと先端とを同時に嬲《なぶ》られると、針のように尖った快感が全身を貫く。だが上げる悲鳴はすべてキスに塞がれてしまう。

「――……っ、……ッ」

しばらくして唇から解放されたときには、もう声すら出ないほどに追いつめられていた。

上半身から撤退した愛撫が、いまはまた下半身だけに施《ほどこ》されている。

(ソコばっかり……やめて……っ)

ぐっしょりと布に滲んだ淫液をこそげ取るように蜜口だけを爪で扱かれて、悠生は不自由な腰を何度も跳ね上げた。指の動きに合わせて、グチュグチュ……と聞くに耐えない音が響いている。

「――……ッ、あ……っ」

全身が痺《しび》れるほどに先端をくじられたかと思えば、布のざらつきを使って括《くび》れや裏筋をじわじわと摩擦されたりもする。

「ヤ……っ、や……ァっ」

普段は隠されている弱い部分のみを徹底的に狙う仕打ちに、いつしか悠生の頬は涙で濡れそぼっていた。

（こ、怖い……）

悠生の性的経験値の低さからいうと、男の与える快楽はとっくに許容オーバーだった。なのになかなか達せなくて、悠生はひたすら喉を喘がせ、涙を散らして耐えた。

そんな悠生の様子を金色の瞳がじっと見つめている。愛しげに眦《まなじり》を緩ませながら――。

（もう、終わりにして欲しいのに……）

優しいキスなら何度ももらった。だが下半身への無体な追い込みは、その後もしばらく悠生の体を絶頂寸前にした。

「――……ッッ」

どれだけ焦らされ、耐え続けたのか。

一度目の射精がようやくはじまってからも、出ている最中だというのに縦目を爪でくじられ続ける。ビクビクと断続的に揺れる腰をやんわりと押さえられながら、悠生は最後の一滴まで男の爪によって掻き出された。

（……こんなの……って……）

いままで経験したことのない極度の快感に、頭のどこかが拉《ひしゃ》げたような気分だった。

こんな快楽を味わわされてしまったら、もう普通の顔で日常になんて戻れないのではないか――。そう不安になるほどの絶頂を強《し》いられて、悠生は激しく胸を喘がせながら脱力した体をクッションに埋没させた。

強烈な余韻がまだ腰の辺りに食らいついていて抜けない。ほんの少し身じろぐだけで、布越しに苛まれた箇所がジクジクと疼《うず》いた。

男が触れるだけのキスを落としてから、また何か囁いてくる。

「お願いだから……もうやめて……」

荒い息の中で必死に声を紡《つむ》ぐも、男は解したふうもなく、悠生の顎まで伝う唾液の筋を丹念に舐め取りはじめた。

（あ……、チクチクする……？）

最初のキスから感じていたのだが、男の舌は妙なざらつきを帯びている。ざりざりと舐め回される感触に肌が粟立ちそうになって、悠生は懸命に男の体を押し返した。

「それ、痛いから、嫌……」

きょとん、とこちらを見返してきた瞳がすぐに柔らかな笑みを浮かべる。

わかってるよ、とでも言うような仕草でもう何度目になるか知れないキスをもらって、悠生は胸中だけで悲鳴を上げた。

（ぜったい言葉、通じてない……！）

そもそも何でこんな目に遭っているのか、磯崎の言葉からは量れなかった真相が知りたかったのに、この男とは意思の疎通が図れそうにないことを悟って、悠生は暗澹《あんたん》たる思いでキスを受け入れた。

またあんな快楽に叩き落とされたら、正気でいられる自信がない。だが誘発剤の効能で体は貪欲に次の快感を求めていた。

発情した体は狂ったように快楽を欲し、もはや理性の言うことなど聞く様子もない。

燻《くす》ぶる火がそこかしこに残っているのがわかる。四月のヒートは薬で散らしてしまったから、こんなふうに正面から性衝動と向き合うのは初めてだった。

緩いキスで口内を探られるだけでも、背筋にゾクゾクとした電流が走る。

でも、このままじゃ本当に——。

ふいに、磯崎の言葉が脳裏に蘇った。

『しっかり孕ましてもらいな』

(最初から、それが目的ってこと……?)

ノワールと呼ばれていたこの男の子供を身籠《みご》るために、自分は薬を盛られてこんなところにいるのだろうか？　現実味のない話だと思うも、悠生は現にいま、発情した体を弄ばれているのだ。

受胎が目的だというのなら、きっとこのまま中身が空になるまでイかされるのだろう。雄体の半陰陽が、受胎を可能とする「変 化《メタモルフォーゼ》」を遂げる条件がそれなのだ。

(そんな……)

唇を合わせたまま、背後のクッションがゆっくりと抜かれていく。気づいたら悠生はベッドの真ん中に寝かされていた。

「え？」

二階までが吹き抜けになった天井が目に入る。途端に、悠生は顔色を失くした。ドーム型のガラス天井の向こうから、こちらを覗《のぞ》き込んでいるいくつもの人影が見えたのだ。

「や……何で、こんな……」

一様に白衣を着たシルエットが、興味深そうな顔つきでこちらを観察している。その中には磯崎の顔もあった。

「嘘……」

まさか、いままでの出来事を全部見られていたのだろうか。拷問のような快楽で噎《むせ》び泣いていた一部始終を、あそこからずっと観察されていた——……？

「そんな」

あまりのことに絶句した悠生を気遣うように、男がまた頬に口づけてくる。それから足元に移動すると、男は立てた悠生の両膝を手際よく割り開いてきた。

精液に濡れ、重くなっていた裾を、おもむろに捲《まく》られる。

「あ……」

意図に気づいたときにはもう遅かった。開いた脚を抱え込まれて、一度の放出で萎《な》えかけていたソコにざらついた舌が這わされる。

「やっ、ァああ……ッ」

衆人環視という状況下も忘れて、悠生は喉を引き絞るようにして悲鳴を上げた。

「アッ、ンあぁ……っ、ンン……ッ」

布に阻まれ、飛び散ることのなかった最初の白濁に塗《まみ》れたソコを、男の舌が丁寧に舐め清めていく。

「ひっ、や……ッ」

ざらついた舌の愛撫は、ひと舐めごとに神経を削られるような衝撃があった。

「あ……ッ、ぁあッ」

刀身に纏《まと》わりついていた粘液をあらかた舐め終わった男が、今度は萎えた分、半分だけの露出になっていた先端を輪にした指で剝き出してくる。

濡れた粘膜に、ひんやりとした空気があたるのを感じた。

「だめ、ソレはだめ……っ」

内側に溜まっていた粘液が溢れるのを、熱い舌がざりざりと舐め取りはじめる。

「ヤ……ッ、ぃや……っ」

同時にさんざん苛められた切れ目をガサついた指先に撫でられて、悠生は堪らず声を引き攣らせた。

「ひっ、ィ……ッ」

乾いた指先は、蜜口に纏わりついていた粘液をすぐにこそげ取ってしまう。

ただでさえ敏感な箇所を剝き出しにされて、無遠慮に舐め、撫で回される性感に悠生はまたしても涙を散らした。

「――――」

男が何か呟くが、悠生にはもう音としてすら感知できない。

完全にソコが屹立すると今度はすっぽりと咥内《こうない》に含まれて、中で舌を使って揉みしだかれた。恥も外聞もなく、泣き叫びながら二度目の吐精を迎える頃には、悠生の理性はもうほとんど残っていなかった。

「あ……や、ぁ……」

気づいたら咥え込まされていた指に後孔を探られながら、また前を唇で嬲られる。どんなに足掻いてもけして許されず、前立腺を弄られる快感に体が痙攣《けいれん》しはじめた頃になって三度目の射精に追い込まれた。

その頃には悠生も男も、一糸纏わぬ姿になっていた。

「——」

男がうっとりとした顔つきで何か言うけれど、悠生にはもう聞こえない。涙で歪んだ視界にはもう天井さえも映らなかった。

三度の絶頂ですっかり脱力した体に、男はなおも一方的なアプローチを続けた。うつ伏せにされ、腰だけを掲げた状態で熱く濡れた何かを後孔に宛がわれる。

「……っ、ぁ」

指で広げられた隙間に、ゆっくりと脈動するモノが押し込まれてきた。濡れて滑りのよくなっているソレが、今日拓かれたばかりの悠生の秘孔をじわじわと広げていく。

「……ああっ」

指で執拗《しつよう》に弄られたところを、いちばん太い部分が抉りながら通過していった。

（またっ、イッちゃう……ッ）

犬のような格好で挿入されながら、悠生は爪先まで震わせて色のない精液をシーツに滴らせた。濡れた手に膨《ふく》らみを揉まれて、さらにタラタラと粘液が零れる。その間もリズミカルに後孔を突かれて、気づけば快感だけが体を支配していた。

（こんなことが気持ちいいなんて……）

これも薬の作用なのか、それとも男によって開発されてしまったのか、悠生は後ろを犯されることでさらに数度の絶頂を極めた。

（あぁ……もぅ、出ない……のに……）

律動に合わせて、男の手が白濁塗れの悠生のモノを扱《しご》く。何度も出された男の精液が、中でニチャニチャと鳴っているような気がした。だがそれほど大量に出しているというのに、男のモノが萎える気配はない。

「もぅ、やめて……」

長時間の陵辱に耐えきれず、途中でいくどとなく意識を失った。だが何度目覚めても、悠生は男の腕の中で「愛され」ていた。

体位だけが変わっていて、あとは同じ。こっちが出せなくなったあとも、彼はずっと腰を振り続けた。まるで獣のように――。

「お願い、だから……」

掠れきった声でいくら哀願しても、男には通じない。

わかっていても、願わずにはいられなかった。

（もう、この快感から解放して……）

蹂躙《じゅうりん》され続けて体は疲れきっているはずなのに、嬲られる快楽はいつまでも悠生の身を苛んだ。

（もうイキたくない、のに……っ）

射精では得られない快感が、男がグラインドするたびに長く、尾を引くように持続するのだ。何度目かの正常位で中を突かれながら、男のモノがひときわ大きくなるのを感じる。

「だめ……、もう中に出さないで……」

悠生の力ない拒絶など聞こえないかのように、ドッと熱い奔流が奥に叩きつけられた。中で男のモノが泳ぐほど精液で満たされているというのに、激しい律動はいまだやむ気配がない。

（いっそ、死んだ方がマシ……）

そう思うほどの快楽に責め立てられながら、悠生はまたフツリと意識を失った。

回想【souvenir】

彼に恋をした、と――。告げた途端にヤツらは動きはじめた。そして数時間もしないうちに、なんと彼の了承を取ってきてくれたのだ。

『彼は、君との婚約を快諾してくれたよ』

夢のようだった。恋敵が現れる前ならいざ知らず、いまや彼の興味は俺に向いてないかもしれないと思っていたから――。

『彼も君のことを、愛してるそうだ』

両思いだな、と研究員たちは笑って俺の肩を叩いてくれた。

(彼も思ってくれてたんだ……)

愛した人が、愛し返してくれる確率なんてどれくらいあるというのだろう？　そんな奇跡が二度も起きるなんて。

あの人の死以来、罵《ののし》ってばかりだった神に俺は考えつく限りの感謝の言葉を捧げた。

『ちょうど彼も、今日から発情期なんだそうだ。おまえもそうだろう？　明日から子作りに励んでもらうぞ』

『それも、彼が承諾したのか』

『ああ、君のためなら構わないそうだ』

自分が研究所の監視対象である以上、衆人環視での交接が必須条件となってしまうのだが、彼はその点も快く了承してくれたというのだ。ほかでもない俺のために。

歓喜でいまにも飛び上がりそうだった俺に、ヤツらの一人がこう耳打ちしてきた。

『彼は初めてだから少し戸惑ったり、嫌がったりするかもしれないけど——けして、やめないでくれと言ってたよ』

『本当に……？』

『ああ。少し強引なくらいに憧れているそうだ』

だから、泣いても最後まで離さないで——。

それが彼の願いだと言われた。俺はすべて望まれるとおりに振る舞おうと思った。

極度の昂奮《こうふん》で寝つかれず、けっきょく俺は眠れないままに朝を迎えた。指定された部屋を覗きにいくと、彼は怯えた小動物のような目で研究員と話をしていた。それが俺を見た途端に、とろりと蕩けたような表情になったのだ。——そこからは夢中だった。

恥じらい、戸惑いながらも、引き出される快感に噎び泣く彼は、いままで見たどんな彼よりも愛らしくて堪らなかった。

腕の中で震えながらイク彼に触発されて、俺は本能だけの獣になって溺《おぼ》れた。彼が気を失っても、赴《おもむ》くままに腰を動かした。

何度イッても萎えない自身に、いちばん驚いていたのは俺だったろう。それが生殖本能に基づいているのか、それとも彼への愛がなせる業《わざ》なのかはわからない。

ひとつだけ確かなことは、彼が俺を受け入れてくれたということだ。その事実だけでも死ねるくらいに俺は幸福だった。だから、そのあとに地獄が待ってるだなんて。

このときは考えもしなかった――。

3 【trois】

あれからどれくらい経ったのだろうか。

最中に二度ほど、研究員が持ってきた水を飲まされたのは覚えている。それ以外はほとんど気を失っているか、男の腕の中で喘いでいるかだった。

溜まる間もなく限界まで搾《しぼ》られて、何度も中に出された。薬の作用なのだろう、快感ばかりが抽出される行為に体だけはいち早く慣れた。悦楽に耽溺《たんでき》する意識に流されて、自尊心なんてもうどこにも残っていない気がした。

消えてなくなりたい――。

最後に強く、そう念じたのは覚えている。だから、もう目覚めたくなんてないのに……。

(誰かが呼んでる……?)

泥のように深い眠りの底で、悠生は誰かの声を聞いた気がした。

「え……っ」

ハッと両目を開くと、こちらを覗き込んでいる磯崎と目が合う。

「お。やっと起きたね」

悠生の覚醒を確認すると、磯崎は少しだけ安堵《あんど》したように息をついた。

「ああ、安心して、マッチングテストはひとまず終わりだから。あんな獣に付き合ってたら、体力もたないよな」

そう言って肩を竦めながら、磯崎が手にしていた濡れタオルで悠生の額の汗を拭《ぬぐ》う。

「アレは、終わったんですか……」

「そ。とりあえずはね。いまはとにかく、体力戻すのに専念しなよ」

火照《ほて》った額にタオルを載せると、磯崎は小脇に挟んでいたクリップボードにさらさらと万年筆を走らせはじめた。

(ここは……?)

コトコトと、何かを煮ているような音が聞こえてくる。枕に後頭部を埋めたまま、悠生は首だけを巡らせて室内の様子を窺《うかが》った。

最中に何度目覚めても変わらなかったガラスのドームや無機質な壁が、いまは木の天井と白いクロスに変わっている。慌てて検《あらた》めた体も、ネルのパジャマで覆われていた。

「君は丸一日眠ってたから、いまは翌々日の昼すぎだよ。気分はどう？　――って、いいわけないか。ほぼ、一昼夜犯されてたんだからな」

万年筆を指先で弄びながら、磯崎が心持ち声のトーンを下げてくる。

（そんなに……）

自分があんな目に遭わされていた具体的な期間を知って、悠生はグラリと視界がぶれたような気がした。記憶にあるどの行為を思い出しても、羞恥と悔恨でいまにも息が詰まりそうになる。

（初めてが、あんな経験だなんて……）

滲みはじめた視界をずらしたタオルで覆うと、悠生は強く唇を噛み締めた。

「――バージンにはきつい体験だったね」

磯崎が、シーツの上から悠生の肩を叩く。

「でも安心するといい。成熟して最初の一年はまだ体が不安定だから。受胎の可能性はほとんどないってのが定説だよ」

いまにも泣き出しそうな悠生の傍らで、磯崎が慰めとも思えないことを口にする。「それに」と、磯崎は淡々と言葉を続けた。

「君には誘発剤を打つよう言われてたけど、俺が打ったのは実は症状がよく似た媚薬でね。だから今回の件で、君が妊娠のリスクを負う危険はないよ」

「え……」

「君が懐胎《かいたい》しなくてもみんな定説を信じるさ。あ、いまの、白衣着たヤツらには内緒な？」

驚いてタオルをずらすと、にやりとシニカルに笑う磯崎が見えた。それから何食わぬ顔でクリップボードの紙を捲ってから、また忙しく万年筆を走らせる。

「どうしてそんなこと……」

「ノワールが嫌いだから。――ってのは冗談で、俺は研究のためなら何を犠牲にしてもいい、っていう研究所の姿勢が嫌いなんだよ」

だからだ、と自明の理のように告げてから、磯崎はまた無表情に戻った。

（少なくとも、この人は味方ってこと……？）

確かに初対面のときに比べたら、態度は遥かに軟化している気がする。

「僕には、事の経緯すら……」

「ああ、だよね。簡単に言えば、ノワールのやつが君にひと目惚れしちゃったんだよ。で、あいつは俺たちの研究対象なもんでね」

「研究対象……？」

紙片からは視線を外さないままに、磯崎が声のトーンを引き下げてくる。

「そ。『合成獣《キメラ》』って聞いたことない？　魔族と獣をかけ合わせて作られた、中世の遺物みたいなもんさ。当時はゴロゴロいたらしいけど、いまじゃ稀少《きしょう》生物扱いでね。そいつらの生態研究が俺たちの仕事ってわけだ」

「魔族が作り出したものなのに、研究が必要なんですか……？」

「そう。キメラについてはわからないことだらけでね。日夜、研究に励んでる身だよ」

そこで初めて磯崎が、チラリとこちらに視線を差し向けてきた。

「ヤツらの生態で確かなのは獣に変容できることと、それから寿命がやたらと長いこと。数百年なんてザラだからな」

「そんなに……？」

「思春期までは普通なんだけど、そこで一旦ストップしちゃうんだよ。で、誰かに恋をした時点でまた成長がはじまるんだ。それからこれが重要なんだけど――キメラは、恋に落ちた相手としか子を生《な》せない」

「え……」

頭の中に散らばっていたパズルピースが、カチカチといくつか嵌まった気がした。

「まさか、それで……」

「そういうこと。研究所はキメラの子供が欲しいだけなんだよ。相手が何であれ、キメラの子はキメラになるからね。少しでも生体の数を増やしたいんだろうよ。君はその理屈の犠牲になったわけだ」

「そんな勝手が許されるんですか……」

「ここは天下のアカデミーだよ。誰が対抗できると思う？　それにキメラ研究には莫大な予算が投じられてるからね、ここには研究第一の頭でっかちばかりが雁首《がんくび》揃えてる」

「そんな……」

「ノワールの担当官たちは、『恋』の報告があった数時間後にはもう君の素性を調べ上げて、マッチングテストの段取りを組んでたよ」

苦々しく吐き捨てながら、磯崎がふいに眼差しを遠くする。

「彼らは特に強引な手合いが多くてね。過去にも悲劇はあった。彼らが出しゃばらなければ、ノワールの初恋だって悲恋にはならなかったかもしれない」

「え？」

「――おっと、少し喋りすぎたか。ちなみにキメラの存在自体、アカデミー外じゃトップシークレットだよ。他言は無用にね」

最後の念押しだけわざとらしく顔を顰《ひそ》めてみせると、磯崎は「さて」と白衣の胸ポケットに万年筆を挿した。

あまりにいっぺんに説明されたので、頭の整理が追いつかないのだが。要するに。

（あの人が僕に「恋」をしたから……？）

その事実を知った研究者たちの独断で自分は拉致《らち》同然にここに連れてこられ、あんな目に遭わされたということだろうか。

「恋、なんて……」

あのはてしない淫虐の陰にそんなロマンチックなキーワードが隠れていたなんて、にわかには信じられない。でも――……。

思いあたる節なら、少しだけあった。

強いられる行為に反して、男の声や仕草はどこまでも優しく、柔らかだったのだ。

愛しげに髪を撫でながら最奥を突かれる。濡れた蜜口を責められながら、甘いキスや囁きを体中に降り注がれる。ありとあらゆる体位で悠生に愉楽を刻みつけながら、男はなぜか終始、至福そうな表情を浮かべていたのだ。まるで、触れられるだけでも歓喜に値すると言わんばかりに。

優しいけれど、利己的。

甘いけれど、無邪気で残酷——。

ひどくアンバランスな情熱に掻き乱された記憶は、ただでさえ混乱している悠生にさらなる混迷を呼び起こした。

（でも、好きだなんて言われたって……）

素直に受け止められるわけがない。

未知の快楽に喘ぐ悠生を、彼は何度も組み敷いて自らの欲望を注ぎ込んできたのだ。どんなに抗っても、解放を求めても、許してはくれなかった。言葉が通じないだけじゃない、あまりに一方的なアプローチに、自分がどれだけの恐怖と不安を感じたことか。終わりの見えない淫虐と快楽にどれだけ怯え、絶望を覚えたか——。それらの記憶が、彼の恋心と釣り合うとでもいうのだろうか。

「——……っ」

唇をきつく噛み締めていると、思考を読んだのか、磯崎が「そりゃ、そうだよね」と静かに同意してきた。

「こっちの事情はどうあれ、君が被害者なのは変わりないよ。君は悪くない。勝手にひと目惚れした向こうが悪いんだから」

滲んでいた涙がホロリと溢れて、悠生は浅い呼吸をくり返しながら身を反転させた。濡れた頬を枕に押しつけて、嗚咽《おえつ》を堪える。

しばらく沈黙が続いたのち、磯崎が大きな溜め息をひとつ零した。

「――本意じゃないんだけど、いちおう言っとくよ。あいつは君に、本当に惚れてるんだ。君がいなくなったら生きていけないくらい、あいつの世界はいま、君だけで回ってる」

また万年筆を走らせる音をバックに、磯崎の淡々とした口調は続いた。

「本当は、交配に三日かける予定だったんだよ。でも昨日の朝になって、君の体調が心配だから中止したいってノワールが言い出したんだ。担当官はみんな反対した。あいつらは君の体調なんて知ったことじゃないからね。受精卵さえ確保できればいいと思ってる、最低のやつらさ。――で、要望を聞き入れない担当官にあいつがぶちキレてね。三人病院送りにしたよ。それでようやく君はマッチングテストから解放されたってわけだ」

クリップボードから外した紙をサイドテーブルで揃える音がする。あくまでも淡白な語調を保ちながら、磯崎はさらに続けた。

「担当官は、体力がなくなったら強壮剤を打てばいいとかほざいてたよ。ノワールの実力行使がなけりゃ、君はいまもあの実験室で交配させられてたろうね」

滔々《とうとう》とした口調に感情は感じられないけれど、自分を労《いたわ》ってくれているらしい意図は伝わってくる。

「あいつの肩を持つ気はないんだけど、ね」

最後にもう一度念押ししてから、磯崎は悠生の後頭部をポンポンと叩いてきた。

「とりあえず、首輪は健在だから無理はしないように。能力の発動は体力を削るからね。それから媚薬は一過性で副作用はないから安心していいよ。ただ、しばらくはこのまま安静にしてること。ほかに訊きたいことは？」

「…………」

「君の今後については体力が回復次第、要相談ってところかな。それまでは悪いけどここに軟禁させてもらうよ。俺も基本的には研究所に逆らえない身なんでね。——さてと、そろそろ時間切れかな」

腕時計のアラームのような音が聞こえた。

「君の看護にはこの部屋の主があたるよ。本当は医療棟に移そうと思ってたんだけど、君に誰かが触れるのを極度に嫌がるもんでね、仕方なくここに運び込んだんだよ。俺がきてるのも、実はお忍びってわけ」

顔を伏せたまま動かない悠生の頭に軽いスキンシップを施してから、磯崎は最後に抑えた声で助言を加えた。

「とりあえずこれだけは覚えといて。あいつの気持ちに君が応える義理はないよ。君が思ったままの感情をぶつければいいんだ」

沈黙を続ける悠生を気にかける様子もなく、磯崎の足音が遠のいていく。それが完全に途絶える前に、悠生は慌てて顔を上げた。

「あの……っ」

「何？」

「……あの人は、いまどこに……」

出入り口の手前で振り返った磯崎がにやりと口元を歪める。と、唐突に扉が外から引き開けられた。

「——っ」

何事か叫ぶなり、踏み込んできた人物の拳が一瞬後に磯崎に振るわれる。だがそれを予期していたように、磯崎は軽いフットワークで後退すると余裕の態《てい》でそれをかわした。

「おまえのパンチは、もう充分」

攻撃を避けられたのが意外だったのか、室内に一歩入った状態でノワールが軽く硬直する。その隙をつくようにさっさと扉を抜けると、磯崎は「それじゃ」という声だけを残して消えた。閉じた扉が軽い音を響かせて自動的に施錠される。

「――……」

ややしてから男の意識がこちらへと向けられた。精悍に引き締まった面立ちに、甘く蕩けたような笑みが浮かぶ。目に見えて至福げな表情がみるみる広がっていく。だが。

（や……っ）

目が合った途端、言い知れぬ恐怖を感じて、悠生は咄嗟につかんだ枕を彼へと投げつけていた。

金色の目が驚いたように見開かれる。こちらに近づこうと長身が動いたところで、悠生は小さく悲鳴を上げながら、辺りの物を手あたり次第に彼へと投げつけた。

「こないで……ッ」

彼に触れられた記憶が、次々にフラッシュバックする。

あの手に、あの唇に引き出された快楽と絶望が、ない交ぜになって胸中で吹き荒れていた。何度も乱され泣かされ、喘がされた記憶が混乱をもたらす。

「あっち、いって……！」

半狂乱で喚き立てる悠生の剣幕に圧《お》されたのか、男がふらついた足取りで一歩退く。

止まりかけていた涙が一気にぶり返して、悠生の頬をしとどに濡らしていた。

「——……」

大粒の涙をボロボロと零す悠生に、男が凍りついたように動かなくなる。次々と込み上げる悲痛なしゃくり上げだけが、そう広くない室内に響いた。

（いや……怖い……っ）

男の姿を目にした途端、脳裏に蘇った嫌になるほど鮮明な記憶が悠生を苛む。

震える指で涙を拭いながら、悠生は怯えた目で必死に男の動向を窺った。またあんな目に遭わされたら、と考えるだけで身が竦《すく》む。

恐怖で震える悠生に、男はしばらく呆然とした眼差しをただ注いでいた。自失の態で棒立ちになりながら、ひたすらこちらを見つめている。

瞬きひとつにもビクつく悠生に気がつくと、男は掠《かす》れた声で何か訊いてきた。

「——、——……？」

意味のつかめない言葉に、悠生はただ首を振った。何ひとつ、肯定などしたくなかった。

（僕に近づかないで……っ）

それだけを念じて見返していると、男はやがて深い衝撃を受けたように沈痛な面持ちで俯《うつむ》いた。口元を覆って重い溜め息を吐く。

整わない呼吸で部屋の空気を掻き乱しながら、悠生はじっと男の動きを追った。

「――……？」

ややして思い直したように顔を上げた男が、今度は身振り手振りを加えて何か訊ねてくる。それにも悠生はひたすら首を振った。だが悠生の頑《かたく》なな態度にもめげず、男は必死に何かを訴えている。

（え……何……？）

自身の手を指差してみせてから、悠生に掌を向けると男は心配そうに瞳を翳《かげ》らせた。つられて自分の手を見るといつの間に切ったのか、流血が手首を伝っていた。夢中すぎて気づかなかったけれど、手あたり次第に投げたうちの何かで傷つけたのだろう。

手当てさせて欲しい、というジェスチャーを辛抱強く続けられて、悠生は困惑で表情を曇らせた。それだけで自分は何もしない、とそう訴える彼の表情は真剣そのものだ。そのあまりの懸命さに、悠生は恐る恐る頷《うなず》いてみせた。

「――……」

それを受けて男の顔が安堵で緩む。だがすぐに端整な面立ちを緊張で引き締めると、彼はクローゼットの奥から十字マークのついた薬箱を取り出してきた。

こちらの様子を窺いながら、そろそろと近づいてくる。ベッドサイドまでくると、彼は了承を得るようにまた小声で何か呟いた。

「……っ」

躊躇《ためら》いながらも頷くと、ゆっくりとした動作で怪我をした腕を取り上げられる。

触れられた瞬間ビクッと震えた悠生に、男の手もわずかに震えて止まった。

様子を窺うような間が数秒あってから、ようやく作業が再開される。流血のわりには浅かった傷に、ノワールは丹念な処置を施していった。その間、悠生はずっと彼の手元だけを見ていた。大きな指が意外なほど器用に動き、的確に進めていく様をじっと見守る。

この手が自分に何をしたか、それを思うと震えそうになるのを堪えて、悠生はひたすら手元を見続けた。やがて充分な手当てを終えると、褐色の肌はすぐに引いていった。

「――……？」

また何か問われるも、俯いたまま首を横に振り続ける。ややしてノワールが離れていく気配を感じて、悠生はようやく顔を上げることができた。

灰色の繋《つな》ぎを着た背中がキッチンで何やら食器を弄っている。鍋の蓋《ふた》を開けたのか、狭い一角にワッと白い蒸気が立ち込めるのが見えた。

（あの人が、僕を好き……？）

綺麗に巻かれた包帯に目を留めてから、もう一度広い背中に目をやる。

どうやら鍋の中身はスープだったらしく、男はそれに胡椒《こしょう》を振っていた。コンソメの匂いがふわりと鼻をくすぐる。途端に小さくおなかが鳴って、悠生は慌てて胃の辺りを押さえた。

はたしてその空腹サインを聞き分けたのか、男がこちらを振り返って淡い笑みを滲ませた。眉間は困ったようによせられたままで、金色の瞳にも輝きがない。それは笑っていいのか、迷った末の表情のようにも見えた。

ほどなくして、湯気の立つスープ皿の載ったトレイを手に男がまたベッドサイドに戻る。躊躇いが

ちに差し出されたそれを、悠生は逡巡《しゅんじゅん》ののち受け取ることにした。

磯崎によれば、悠生の看護にはこの部屋の主があたるとのことだった。男の調理中に改めて見渡したこの部屋には、彼の私物らしいものがいくつも見受けられた。

クローゼットから覗いている何着もの繋ぎや、壁の一角を飾る無数のフォトフレーム。その中には、幸せそうに笑う彼の姿がたくさんあった。

（ここは彼の部屋なんだ）

よく見ればベッドサイドによせられた椅子の上には、読みかけの本が開いたまま伏せられていた。サイドテーブルにはまだ何冊もの本が山のように積まれている。きっと昨日からそこでずっと、眠り続ける自分の様子を見守っていたのだろう。

悠生にトレイを渡すなり踵《きびす》を返すと、男はキッチンの隅の椅子を引き腰を下ろした。

ベッドからいちばん距離を取れるのがそこなのだと気づいたのは、何をするにしても彼が最終的にその場所に戻って膝を抱えているからだった。できるだけ小さく、まるで存在感を消すように彼はそこで息を潜《ひそ》めていた。

食べ終えた食器を片づけたときと、たまに部屋を出ていく以外は、基本的にずっとそこでじっとしている。叫んだ言葉の意味はわからずとも、意思は伝わったのだろう。極力近づかないよう、彼が配慮しているのがわかる。

その気遣いを察してからは、悠生は何度か浅い眠りに引き込まれた。何度目覚めても、彼は叱《しか》られた犬のようにキッチンの片隅で膝を抱えていた。悠生と目が合うと、慌てて逸らした視線をテーブルの隅に釘づける。

言葉の通じない彼との生活が、それから数日続いた。

日に数回の食事と傷の確認、それ以外で彼が悠生に近づくことはなかった。

真夜中になっても、硬い椅子に座ったまま仮眠を取っている彼を見たときは胸のどこかがチクリと痛んだ。キッチンとベッドの間にはソファーが置かれているのだが、悠生の意識がなくとも彼はそこへ移動することなく、こちらが安心を得られる距離を保とうとしてくれているのだ。

何日目かに、また彼の不在をついて磯崎が現れた。だが今度はすぐに来訪に気づいたらしく、飛び込んできたノワールによって磯崎はあっという間に追い返されてしまった。そのときの剣幕を見る限り、彼は研究者全員を敵と見做《みな》しているかのようだった。

（もしかして、守ろうとしてくれてる……？）

これまでの彼の態度を見ていても、感じられる意思はひとつだ。初めて会った日の行動が嘘のように、彼はいま悠生の気持ちを何よりも尊重してくれているようにみえた。

じゃあどうして、あの日はあんな振る舞いに終始したのだろうか？　どれほど嫌がっても、意識を失ってすらもやめてくれなかった行為。そこに理由があるのなら知りたいと思うも、言葉の通じない彼から答えを聞くことは叶わない。

手の傷がほとんど癒えるころになって、悠生はようやく怖《おそ》れを感じずに、彼の顔を見られるようになっていた。だが対するノワールは、いまだに何倍もの緊張を抱えて悠生のそばにいた。

ぎこちない動きや緩慢な仕草、悠生の些細な動きにも反応して不安を浮かべる表情。そのどれもに怯えと困惑が入り混じっていて、当事者である悠生が見ていてもその様は痛々しいほどだった。

（じゃあ、どうして……）

思考は堂々巡りをくり返すばかりだ。

気づけば悠生はノワールの動向を常に目で追い、様子を窺うようになっていた。

「――……」

時折り、思い出したように呟かれる言葉の並びは変わらないけれど、響きは日に日に弱り、いまでは吐息よりもか細く感じられる。

あの手が、あの唇が、自分にどんな無体を強いたか。どんな恥辱を味わわされたか。それを忘れることはないけれど、でも――……。

そばにいるだけで痛いほどに伝わってくるのだ。自分を思ってくれる、彼の気持ちが。

（あんな目に遭わされたっていうのに）

いつしか悠生は、感情の矛先をどこに向ければいいのか、判断がつかなくなっていた。

誰を憎み、嫌悪すればいいのか。何を罵り、憤《いきどお》ればいいのか。いま目の前で弱っている彼に、とてもそんな感情をぶつける気にはなれなかった。

目が合うと困ったように少し微笑んでから、彼はすぐに瞳を伏せる。そして悠生の視線が外れた頃になって、またゆっくり視線を持ち上げるのだ。そうしてひそかにこちらを窺っている気配がずっとしている。彼を見るたびに、必ずと言っていいほど目が合う理由はそれだろう。

ほんの一瞬だけ交わる眼差しの中にあるのは、深い悔恨の念だった。

一度だけ、眠る彼のそばに忍んだことがある。悠生が近づいてもまるで気づく気配もなく眠り込んでいた横顔。その面差しには疲労と倦怠《けんたい》とが濃く浮き出ていた。あの日、初めて見たときの煌《きら》びやかなオーラなど見る影もない。その翳りが何よりも悠生の胸を打った。

（この人も、こんなに傷ついてるのに……）

目覚めてから五日目の朝――。傷の経過からみて最後の処置となるだろう手当ての際に、悠生は思いきって自分から彼に手を伸ばしてみた。

土汚れのついた袖口から伸びる褐色の肌に、そっと触れてみる。途端、肩を揺らして硬直すると、ノワールは息を潜めて身を縮めた。如実な怯えが触れた肌から伝わってくる。

恐がらせたいわけじゃない。本当のことが知りたいだけなのに――。

「あ……」

口を開くも、うまく声にはなってくれない。言葉が通じない以上に、悠生はもう自分の気持ちがよくわからなくなっていた。

ただ、彼がいつまでも憂慮と沈痛に囚われている様が、目に痛くて堪らなかった。

間近で目が合う。こちらを窺う金色の瞳には困惑と怖れと、それから自分へと向けられているひたむきな想いが揺れていた。

（なんて、綺麗な目なんだろう……）

素直な感情を隠しもせずに、じっとこちらを見返している瞳。

自分よりも明らかに年長な彼が、急に小さな子供のように見えた。自分が発する言葉や態度ひとつで、いまにも泣き出してしまいそうな気すらする。

「大丈夫、だから」

気づいたらそんな台詞を口にしていた。

引き締まった頬にそっと掌を宛がってから、もう一度言葉にして彼に言い聞かせる。言葉の意味は伝わらなくても、少しでも安堵を感じてくれればいいと思った。

（だから、そんな顔しないで）

彼にされたことの記憶や胸の痛みが消えるわけではないけれど、彼も同等に近い苦しみを充分味わっているように見えた。

疲労に蝕《むしば》まれ、日に日に彼が衰弱していくのをこの目でずっと見てきたのだ。

誰よりも、近くで。

「あのね」

伝わらないのは百も承知で、悠生は思いついたままに言葉を連ねることにした。

「どのみち経験はしてたはずなんだ――ううん、本当は四月に経験するのかなってずっと思ってた。そうはならなかったけどね……」

彼の凛々《りり》しい眉間に、不可解そうなシワがよせられる。それでも構わず、悠生は「だからね」と言葉を続けた。

「早いか遅いかの違いだったって、そう考えればいいのかなって」

男を相手にするセックス――。いずれそういった受身の交接をするだろうという、覚悟だけなら昔からしていた。なぜなら自分は「半陰陽」だったから。

魔族には古くからの因習がいくつもあるが、そのうちのひとつに、半陰陽は十六までに許婚を定めるべき、というものがある。悠生にも家が決めた許婚がいた。相手は多忙な社会人で、篠原よりは格が上のヴァンパイアだった。一度も会ったことはなかったけれど、十六になったらその人のところに嫁ぐのだとずっと言い聞かされていた。

だが悠生が成熟を迎えたその日も、相手の多忙を理由に顔合わせの場はけっきょく設けられなかった。……仕事なんて本当は口実で、恐らく格下との婚約を土壇場にきて向こうが渋ったのだろう。

篠原の半陰陽を娶《めと》っても、相手にさほどのメリットはなかったろうから。そうこうするうちに悠生のアカデミー行きが決まり、婚約話は宙に浮いたまま、悠生はこの地を踏むことになったのだ。

ノワールにされたことも、本来なら最初のヒートの時点で許婚相手に経験していたはずのことだ。

そう考えれば。

(少しは納得できるかと思ったのに……)

「あ、れ……?」

どうにか割りきろうとする胸中を裏切るように、急に溢れ出した涙が次々と頬を伝った。

息を呑んだノワールが身を引こうとするのを、咄嗟に引き止めて首を振る。

「待って、いかないで……っ」

身を起こして太い首筋に縋《すが》ると、悠生はノワールの胸で小さく嗚咽を零した。

突然泣きはじめた悠生に、ひどく混乱している彼の様子が合わせた体越しに伝わってくる。そのまま顔を埋めてしゃくり上げていると、ややして戸惑いながらも背中に彼の腕が回されてきた。

（……あったかい手）

細い背中を何度もさする手の温もりが、なぜだかひどく懐かしい気がした。

いつだったかもこうして、彼に優しくされたような気がする。その既視感を強く感じるほどに、いつまでもこうしていたい気持ちがなぜか、胸の底からふつふつと湧いてきた。

たとえようのない安心感が胸中に広がっていく。だがそれが何に根ざしているのか、わかりそうでわからないもどかしさも同時に湧き起こる。この温もりを知っている――。

（気がするのに……）

「――――」

それがもう少しでわかりそうな気がしたところで、ノワールが何か囁きながら背中にあった両手を首筋に回してきた。感触から、あの首輪に手がかけられているのがわかる。

「え？」

ブツ……ッという音とともに、断ち切られたそれが首から外された。無理に千切られたことで不可視の効力も失ったのか、彼の手に古めかしい革の首輪が握られているのが見えた。それをサイドテーブルに置くと、彼は優しく悠生の腕を解いた。

「待って……っ」

咄嗟に呼び止めた悠生にまた何事か呟いてから出口へと向かう。そのままオートロックを潜った背中が見えなくなるのを、悠生は何も言えずにただ見送った。だが、いつもだったら直後に聞こえるはずの施錠音がなぜかいまは聞こえなかった。

（それ、って……）

裸足のまま床に下りて、扉へと近づく。

彼の不在時に試した際は頑なに開かなかった扉が、いまは難なく外側へとずれた。

（僕を自由にしてくれるの……？）

開いた隙間から入り込んできた風が、するりと頬を撫でる。

薄く開いた扉を前に、悠生は大きく深呼吸をした。

「……この匂い、知ってる」

甘い花の香が鼻腔をくすぐる。懐かしさを呼び覚ますその香りに、悠生はそっと扉に手をかけた。

追憶【souvenir】

何が本当で、何が嘘なのか。

何を信じればいいのかすら、わからない——。

受け入れてくれたはずの彼に手ひどく拒絶された瞬間、俺の目前に広がっていた未来は音を立てて崩れていった。言葉はわからなかったけれど、俺を前にして泣き叫び、物を投げつける彼が発していたのは極度の怯えと完全なる拒絶だった。

「君は、俺を受け入れてくれたんじゃなかったの……？　あれは嘘……？」

必死に重ねた問いは、頑なな否定で跳ね返された。

そのたびにザクザクと、胸に何かが突き刺さるようだった。

信じていた幸せが仮初《かりそ》めだったことを知って、底のない恐怖と絶望とが胸に広がるのを感じた。でもそれ以上に、彼は全身で怯えきっていた。瞬きにすら慄《おのの》く彼に俺ができることといえば、距離を取ることだけだった。

彼が変貌した理由なんてわからない。いや、もしかしたら幸せなんて最初からなかったのかもしれない。彼が俺を見てくれたなんて、ただの夢だったんじゃないか？　日が経つにつれて、そんな気がしてならなかった。

（やっぱり、あの人だけだったんだ……）

俺を受け入れ、受け止めてくれたのは――。

注いだ恋情に同じだけの愛情を返してくれる存在なんて、きっとあの人が最初で最後だったのだろう。一度きりの奇跡を失くした俺に、もう二度と幸運は巡ってこない。そう知らしめるために神がこんな罠を仕組んだというのなら、俺はいますぐにでも命を絶って神を殺しにいきたかった。

そんな激情に駆られながらも、俺は庭の手入れを一日も怠《おこた》らなかった。一輪でも花が枯れてしまったら、あの人との想い出さえも失ってしまうような気がしたから。

庭で花に囲まれながら目を瞑ると、いまでもあの人の声が聞こえるような気がする。

クロ、と優しく俺を呼ぶ声音が――。

端的に毛色を表しただけのコードネームではなく、あの人だけが俺の名前をちゃんと呼んでくれた。

『君の名前を教えてくれる？』

この庭で初めて会ったあの日、そう訊ねられた瞬間に恋ははじまっていたのだろう。

それからの日々で目くるめく情熱を、滾《たぎ》るような恋慕をあの人は俺に教えてくれた。そんな幸せに満ちた世界を、また手中にできたと思っていたのに。

（言わなければよかった）

ヤツらに恋を告げなければ、少なくとも彼を傷つけ泣かせることはなかっただろう。彼が離れていくのなんて、嫌われることに比べれば痛くも痒《かゆ》くもない。あのまま捨てられていればよかったのだ。

醜い嫉妬に駆られて、彼を独り占めしようとしたから――俺はいま罰を受けているのだろう。

せめてもの罪滅ぼしに、俺は彼を守ることに専念した。これ以上傷つくことのないよう、気を配ることだけに終始して日々をすごした。けれど。

俺がそばにいる限り、彼が安息を得られないことに気づいたのはついさっきのことだ。

彼の涙を、俺では止められないのだ。

（ああ、必要なのは俺じゃない）

彼を解放しようと思った。彼のいきたいところにいけばいい。

それが先日ここにきたあいつのところでも、どこでもよかった。

彼が望む、誰かの元であれば——。

4【quatre】

扉を抜けた途端に、見覚えのある風景が目前に広がる。

「ここは……」

人目を忍んで何度も入り込んだ、あの懐かしい場所だった。目映い陽光に照らされて、あちこちで揺れている雪柳の白さが目に沁みる。

長閑《のどか》な鳥の声に誘われるように踏み出した裸足が、柔らかな土の感触に埋もれた。

（知らなかった）

自分がこの数日をすごしていた場所が、奥庭の片隅にひっそりと建てられていたあの小屋だったなんて――。そういえば、彼の繋ぎによく土汚れがついていたことを思い出す。もしかしたらこの庭の管理も彼がしているのかもしれない。

(彼を追いかけなくちゃ……)

なぜか強くそう思った。今度は彼が、どこかで泣いているような気がしたのだ。

囚われの身から解放されたことも、いまはどうでもよかった。首輪を外してくれたときの彼の表情が忘れられない。あれはどこかが痛くて堪らないのに、相手に心配をかけないために浮かべる笑顔だった。痛いとか助けてとか、そう言えないときに代わりに浮かべる微笑――。

中学時代の自分が、いつも母親に向けていた笑顔だ。裏にある心情がどれだけ張り詰めているか、それを考えると悠生は彼のあとを追わずにはいられなかった。

(まだきっと、近くにいるはず)

地面に残っていた足跡を途中までは追跡できたのだが、それはなぜか道の真ん中で唐突に途切れてしまっていた。

「どうしよう……」

口に出した途端、膝から力が抜けてその場に座り込んでしまう。

と、背後でカサリと葉擦れの音がした。慌てて振り向いた視界に黒い影が映る。

「――クロ」

影は一瞬で後方の茂《しげ》みに隠れてしまったけれど、自分が彼を見間違えるわけがない。だがいくら呼びかけても、黒豹は茂みの奥に隠れたままこちらに出てくる様子はなかった。

「どうしたの、クロ……？」

何度も呼ぶうちにようやく顔だけを茂みから覗かせる。黒豹はどこか申し訳なさそうに頭を垂れながら、上目遣いにこちらの様子を窺っていた。

その場にしゃがんだまま腕を開いて、「おいで」と優しく声をかける。

（どうしたんだろう、具合でも悪いのかな……）

辛抱強く呼びかけていると、ややして茂みを抜けた毛皮が恐る恐るといった雰囲気で近づいてきた。何度も足を止めながら目の前まできたところで、そっとしなやかな体を抱きよせる。数日ぶりに撫でる毛皮は、あまり艶もなくガサついていた。

「どこか痛いの、クロ」

丸い耳のつけ根を探りながら、黒豹の額にコツンと自身の額を押しあてる。

心なしか、髭の張りも悪いように見えた。何か悪いものでも食べたのだろうか。いつでもキラキラと輝いていた金色の瞳にも、いまはまるで生気が感じられない。少しでも毛艶がよくなるようにと撫で続けていると、ややしてから力なく側頭部が擦りつけられた。

「クロ」

そう呼びかけると、弱ったようにまた項垂れる獣の体を優しく抱き締める。

「君もつらいことがあったの……？」

思わずそう訊ねると、黒豹が腕の中で小さく声を上げた。鳴き声とも取れないわずかな掠れに、悠生は少しだけ腕の力を強めた。

「僕もね、つらいことがあったんだよ」

腕の中の温もりを抱き竦めながら、陽だまりの匂いがする毛皮に頬を埋める。

「でも……、でもね」

(たぶん、僕よりもあの人の方がずっと……)

いまは何倍も傷ついているに違いない。

弱ったあの人を、こんなふうに抱き締めてくれる誰かがいればいいのにと思った。

(ううん、誰かじゃなくて)

できれば、自分が抱き締めたかった。

「ねえ、クロはあの人を見かけなかった？　背が高くて、とても綺麗な顔をしてて……」

きっとひと回りは年上なのに、いまにも泣きそうな顔で歩いていることだろう。感情を隠すことを知らないように、心のままが顔に出てしまう人だから——。

久しぶりに「親友」に会えたというのに、ようやく自由を手に入れたというのに。

悠生の脳裏にあるのは、最後に見たノワールの表情だけだった。

「どうすればいいのかな……」

しなやかな体表を何度も撫でながら、いまにも涙が溢れそうになるのを堪える。考えれば考えるほどに、ノワールの動向が気になって仕方なかった。

どれだけの間、そうして途方に暮れていたろうか。ふいにまた背後から葉擦れが聞こえて、悠生は弾かれたように振り返った。てっきりあの人かと思ったのに、見慣れた制服姿を目にして落胆と安堵とが胸で入り混じる。

「ここにいたんだね」

目が合うと、祐一は清潔そうな面立ちにうっすらと悲嘆の色を浮かべた。

その表情を見る限り、彼はおおよその事情を知っているのだろうと察する。

「――――。――――……」

悠生にではなく黒豹に向かって何かを告げると、祐一はまた面差しを翳らせた。それを解したように、身じろぎした毛皮がするりと腕の中から抜け出ていく。

「え、クロ……？」

悠生の呼び止めに一度だけ振り返ると、金色の瞳を細めてみせる。思わず手を伸ばそうとしたところで、黒い影はさっと走り去ってしまった。鬱蒼とした林の中に自分と祐一だけが取り残される。

（クロ……）

ややしばらく続いた沈黙を破ったのは、どこか決意を感じさせる祐一の声音だった。

「君に会いたがってる人がいるんだ」

「僕に……？」

「うん。人目を憚《はばか》るからって寮で待ってる。僕が知ってることも全部、君に話すよ」

そう言って差し出された手につかまると、祐一がほっとしたように表情を緩めた――。

それから寮までの道程で、これまでの経緯を問われるままにポツポツと口にする。

ノワールがひと目惚れしたせいで自分がマッチングテストの相手に抜擢されたこと、磯崎のおかげで妊娠の可能性はないらしいこと、その後の彼との生活であったこと、それから彼をどうやらひどく傷つけてしまったらしいこと——取りとめなく続く悠生の話に、祐一は黙って耳を傾けていた。

知っている範囲をすべて話し終えると、祐一はややしてから俯き加減に口を開いた。

「僕は——君が合意のうえで彼の元にいったんだと聞いてたんだよ。マッチングテストも君の了承を得てるんだって。恐らく、彼もそう聞かされてたんじゃないかな」

「え……？」

「ノワールは、君と両思いなんだと信じてたはずだよ。君が目覚めて拒絶するまではね」

（そん、な……）

あの日、驚いたように自分を見つめていた彼の表情が瞼《まぶた》に蘇る。

何が起きているのかわからないといった様子で見開かれていた瞳。投げつけられた物があたっても、彼はただ呆然と立ち尽くしているだけだった。

衝撃がやがて深い絶望に変わったように、きつく狭められた金色の虹彩《こうさい》——。

「知り合いがキメラの研究所にいてね。担当官の強引さについては少し聞いてるんだ。目的のためなら、手段を選ばない人たちだって」

「じゃあ、わざと嘘を……？」

「だろうね。彼らは生体を増やすことに執着してる、って話だから」

（彼も、騙されてたんだ——）

愛しげに髪を撫でてくれた指を思い出す。貪《むさぼ》るようなキスに込められていた情熱や、吐息混じりの甘い囁き。それがすべて一方通行だなんて思いもせずに、彼は全身で愛を注いでくれていたのだ。

終始、至福そうにしていた彼の表情の意味がようやくわかった。

そのあとの困惑と絶望、怯えの意味も。

「そんなのって……」

「──誰にも踏み躙《にじ》る権利なんてないはずなのにね。彼の恋心も、君の立場も」

「……っ」

次々に溢れる涙がすぐに視界を曇らせた。

（どんなに傷ついたろう）

それを思うと涙が止まらなかった。自分だってあんな目に遭わされて傷ついたけれど、彼の負った傷だって相当なものだ。それなのに彼は、悠生をいちばんに気遣ってくれたのだ。

必要以上に近づかないよう距離を取って安心を与え、悠生がこれ以上の傷を負うことがないよう、ずっと心を砕いてくれていた。

左の前腕にまだうっすらと残っている切り傷の痕。手当てのたびに痕が残るのを危惧するように、彼はいつも眉宇《びう》を翳らせていた。それから、いつも口にしていたあの言葉──。

「デゾレって……、よく口にしてた」

「『sorry』のフランス語だね」

何度も聞かされた覚えのあるフレーズだった。

デゾレ。ジュスイデゾレ――。

(そんな……、彼は悪くないのに)

流れる涙を袖口で拭いながら、嗚咽を堪える。袖に飛んだ土汚れの匂いに触発されるように、彼の痛々しい笑顔が瞼に浮かんだ。

泣き続ける悠生の背に、祐一が労しげに掌を宛がう。止まらない涙を何度も拭ったせいで、寮に着く頃には悠生の頬はすっかり薄汚れていた。

「おやおや、ひどい顔だな」

部屋に戻るなり待ち構えていた人物にそれを揶揄されて、悠生は思わず目を瞠《みは》った。

「……磯崎さん」

祐一の知り合いとは磯崎のことを指していたのだろうか？　扉口に控えていた祐一を振り返ると、彼は苦い笑みで唇を歪めた。

「磯崎さんとは共通の知り合いがいてね」

「そ。知らない仲でもないんでね、ちょっと協力をお願いしたんだよ」

「協力……？」

「解放された君を、担当官たちよりも先に見つけ出すためにね。――とりあえずその格好はひどい。顔洗って、着替えておいで」

磯崎に促されてバスルームで泥を落とすと、悠生は部屋着に着替えて居室に戻った。ベッドに腰かけていた祐一に倣《なら》って隣に座るなり、磯崎が淡々と話をはじめる。

「まずは、ノワールの最初の恋について話そうか。あいつの外見、どう見ても思春期には見えないだろう？　ノワールは十二年前に初めての恋を経験してるんだよ。キメラは最初の恋を全うする性質だから、一度恋をするともう成長は止まらないんだ。惚れた相手が見向きもしなければそのまま老いて死んでいくしかない。でもノワールは幸い、彼女に振り向いてもらえたんだ」

ノワールが初めて恋に落ちた女性は、植物の研究をおもにする局員だったのだという。生まれて初めての感情に浮かれた彼は、素直に担当官たちに「恋」を告げた。――たとえそこで告げなかったとしても、成長がはじまれば恋の事実は浮き彫りになる。だから結果はそんなに変わらなかったろう、と磯崎は無表情のままフローリングを見つめていた。

そのときも今回と同様に、担当官たちは彼女とのマッチングテストを強引に組もうとしたのだという。だがひとつ、問題があった。彼女は病気ですでに、子宮と卵巣とを摘出したあとだったのだ。

生殖が望めないと知るや、担当官らは彼女を役立たずだと罵った。彼女に惚れたノワールのことも使えないと罵倒《ばとう》したらしい。そのときもノワールが暴れて、何人かの病院送りが出る騒動に発展したらしいが、恋に落ちてしまったものは仕方ないという上層部の「観察」命令が下されたことで、担当官たちもようやく諦めたのだという。それからの数年、二人は彼女が管理する庭での逢瀬を重ねることで、ゆっくりと絆を深めていった。

「もしかして、あの庭が……」

「そーゆうこと。あの豪勢で不思議な眺めは、彼女の研究成果なんだよ」

上の決定に従い、数年は大人しくしていた担当官たちだったが、ひそかにある実験を持ちかけはじめたのがノワールが十六を迎えた頃だったという。彼女の卵子でなかったとしても、彼女の体内にあれば受精するのではないか——。その立証のために協力して欲しいという要請に、彼女は頑として応じなかった。そんなのはあくまでも研究員の利己的な欲望にすぎない、と。

「キメラの子供が生まれると、非公式にだけど担当官にはけっこうな報酬が出るんだよ」

「それが目当てで……？」

「だけじゃないとは思うけどね。どちらにしろ、キメラのためではないわな」

生命をオモチャにするような研究員の姿勢に、彼女はけしてなびこうとしなかった。

だが担当官たちも諦めが悪く、執拗な要請はその後も続いた。彼女の研究を阻害するような動きも背後にはあったらしい。そんなことがたび重なることで、気丈だった彼女も体調を崩すようになっていた、そんな折り——。

彼女は不運な事故に巻き込まれ、命を落としてしまったのだ。

その日、彼女は体調不良を理由に診療棟へ顔を出したのだという。そこから奥庭への近道にたまたま通った実験棟で、能力の暴発事故が起きたのだ。『空間転移《テレポート》』の暴走に巻き込まれた被害者は彼女のほかにも数人いたが、いちばんの重傷が彼女だった。

一階の実験室で暴発した力は、二階を歩いていた彼女の下半身だけをどこか別の空間へと送り去ってしまったのだ。中には全身が消えた者もいたという話だが、その行方はいまだにわかっていない。

史上に残る大規模な事故だったという話だ。

奥庭で待っていたノワールが駆けつけた頃にはもう、彼女は虫の息だった。

もしも体調が万全だったなら、実験棟を近道に選ばなければ……仮定法過去にきりはない。彼女の気質を愛した者たちによって手厚い葬儀が行われたが、ノワールは式に参列できないほど苛烈《かれつ》な悲しみに暮れていたという。

「それが八年前のことだよ」

と、磯崎は淡々とした口調で締め括った。

彼女を亡くしてからの彼は自暴自棄に陥り、ひとたび荒れると手のつけようがないほどだったという。気難しく気分屋だった性格はさらに歪み、手あたり次第に周囲の者たちを傷つけては、殻に閉じこもり何ヵ月も塞ぎ込む。一時は再起を疑われるほど生気を失っていたというが、彼女の遺したあの庭を管理することで、彼はどうにかこの世に留まったのだ。

「ノワールの最初の恋は、そうやって終わったんだ」

「…………」

気づいたらまた溢れていた涙が頬を伝う。咄嗟にポケットに手を入れると、いつだったか黒豹がくれたハンカチが出てきた。縁にレースのあしらわれたそれを目元に押しあてる。白地に散った控えめな銀色の刺繍《ししゅう》に、じわりと涙が吸い込まれていった。

――それからの彼は、ほとんど忘れられた存在として扱われていたのだという。

一度恋を経験したせいで、ノワールはこの先も年を取り続ける。二度目の恋に落ちない限りは存在価値もない、と身勝手な担当官たちは半ば彼のことを放置していたらしい。

加えてキメラには、恋に落ちた相手に合わせて成熟を遂げるという性質がある。ノワールは彼女に恋したことで、数年かけて半陰陽から男性としての成熟を遂げたのだ。でも、その選択は一度きりのものだから――。

次の恋が同性相手だった場合、子供は望めないことになる。それ以前に他者とのかかわりを持とうとしないノワールに、もはや彼への関与を誰もが諦めかけていたらしい。

そんな中での二度目の「恋」の報告、しかも生殖可能な「半陰陽」相手ということで、担当官をはじめとした研究員の多くが色めき立ったのだという。

「キメラの恋ってのは、そうそう成立しないんだよ。余計な干渉を嫌って、そもそも思いを告げないパターンも多いし」

「じゃあ、ノワールはなんで……」

涙を拭いながら掠れた声を上げると、そこで初めて祐一が口を開いた。

「――それは、僕のせいかもしれない。僕が不用意に君に近づいたから、取られまいとして動いたんじゃないかな」

(そんな)

自分が祐一とコンタクトを取ったのなんて、出会いから翌朝までの半日程度の期間しかない。その間のどこで、彼は自分と祐一を見咎めたというのだろうか。――いや、そもそも彼がどこで自分を見《み》初《そ》めたのかすらも、悠生には見当がつかなかった。

長身であれほどの目を惹《ひ》く容姿だ、どこかで出会っていればぜったいに記憶に残るだろう。だがアカデミーにきて以来、あんな作り物じみた美貌を見かけた覚えは一度もない。

（奥庭にいるところを見た、とか……？）

彼があの庭を管理しているというのならそれがいちばん妥当な推測に思える。

だが物陰から見ていただけの相手に、あそこまで親しみや愛情を傾けられるものだろうか。彼の情熱やひたむきな眼差しとは、どうにも釣り合わない気がしてならなかった。

「彼は、どうして僕を選んだのかな」

そう呟いた悠生の横で、祐一が毅然《きぜん》とした眼差しを磯崎に向ける。その視線に首を振ると、磯崎は話の矛先をずらすように急に明るい声で話題を変えてきた。

「それより、学院は君の話題で持ちきりらしいな。キメラに見初められて婚約したって」

「でも、彼らの存在は秘密なんじゃ……？」

「アカデミーにかかわった者ならたいがい知ってるさ、よそで他言しないだけでね」

「――僕も今朝までは、君が彼の気持ちを受け入れたんだってずっと思ってたんだよ」

磯崎に向けていた視線を悠生に移しながら、祐一が困ったような微笑を浮かべる。

「今朝まで……」

「そう――登校前に急に呼び出されてね、ノワールの担当官たちに君の居場所の心あたりを訊かれたんだよ。小屋から抜け出した君のいきそうなところを知らないかって」

「そうくるだろうと思ってたんでね。先回りして俺が事情を話しておいたんだよ」

祐一のベッドに浅く腰かけながら、磯崎が肩を竦めてみせた。

「そのときに、本当のことを知ったんだ」

祐一の眼差しが、物憂げにフローリングに伏せられる。悠生の身を案じた祐一は、担当官たちにはわざと見当外れな場所を告げて、すぐにあの庭に足を向けたのだという。

「でも、どうして研究所は君に」

「僕が君の同室だったからじゃないかな。それに僕は……」

そこで急に語調を鈍らせると、祐一は持ち上げた視線を天井に泳がせた。

「鴻上くん……？」

細い嘆息を挟んでから、思い直したように真っ直ぐこちらを見据えてくる。だが悠生の腫れた目元を気遣うように目を細めると、祐一は淡い笑みを浮かべてから首を振った。

「いまはここまでにしよう。君も疲れてるはずだし――続きは、またあとで」

「でも……」

「少し眠った方がいいよ」

そう勧められてベッドに入ると、不思議なことにすぐに睡魔の誘いが下りてきた。寝てばかりの生活から一転、急に動き回ったせいでだいぶ消耗したのかもしれない。

「起きたら、続きを聞かせてね」

うん、と頷いた祐一の微笑を最後に意識が途切れる――。

迷い込んだ夢の中で、悠生はノワールの姿を捜していた。

見渡す限り広がっている奥庭の風景にそれらしい影を何度も見かけるのだが、そのたびにどこからか流れてくる霧が長身のシルエットを隠してしまうのだ。

ノワール、と呼びかけても返事はない。

まるでエンドレスな鬼ごっこだ。黒っぽい影を追ううちに、いつしか悠生も霧に周囲を取り囲まれていた。何も見えなくなって途方に暮れてその場にしゃがみ込む。

背後で葉擦れの音がして、咄嗟に彼を呼ぶも、やはり返事はない。

『クロ……？』

遠くで唸り声を聞いた気がして黒豹を呼ぶと、タタタッと獣の走り去る音が聞こえた。

（クロまで、どこかにいっちゃう……！）

声を限りに黒豹を呼ぶも、返ってくるのは自身の木霊《こだま》だけだった。

白さに埋没した視界に映るものは何もない。ここがどこなのかさえもわからなくなって、悠生は声もなく泣いた。涙の温度だけが、やけに鮮明で目を開く。

（あ……）

自分が覚醒したことに気づくまで、数秒を要した。

眠りについたのは午前中だったはずなのに、辺りはすっかり闇に包まれている。目元を拭うと指先がわずかに濡れた。どうやら現実でも泣いていたらしい。

「え」

身を起こして室内を窺うも、隣のベッドは空になっていた。枕元の時計は日づけが変わったばかりなのを告げている。

（こんな時間に、どこにいったんだろう）

得体の知れない焦燥を感じて、悠生はベッドを抜けるとすぐに外出用のスニーカーを履いた。夜半の外気は冷たく湿っているので、薄いケープを羽織って端末を手に部屋を出る。

足音を忍ばせて中庭を横切ると、悠生は迷った末に奥庭へ続く小道を進むことにした。

こんな時間にどうして外に出ようと思ったのかはわからない。夢の情景が脳裏にこびりついていたのかもしれない。だがなぜか、いかなければならないような気がしたのだ。

月明かりだけを頼りに道を進むと、ふいに前方から人の話し声が聞こえてきた。小声で会話を続けるどちらの声にも聞き覚えがあって、悠生は慌てて傍らの茂みに身を隠した。

ほどなくしてランタンを提げた磯崎と祐一の姿が、闇の中にぼんやりと浮き上がる。

「彼はまだ眠ってるの」

「ええ。あなたにもらった睡眠薬を枕に沁《し》み込ませておきましたから……。それより、ノワールに呼びかける方法はないんですか」

祐一の問いに、磯崎の眠そうな声が返る。

「さあね。そもそも夜中に捜す方に無理があるんだよ。どんな急用だか知らないけど」

「――明日、彼に本当のことを言います」

決意を感じさせる祐一の声音に、磯崎はわざとらしくおどけた声を上げた。

「へえ、本当のこと？　親切面して近づいた理由を話すってわけだ。俺に頼まれたから、仕方なく同室になりましたって？」

「話を雑《ま》ぜ返すのはやめてください。だいたいあなたが真実を告げないから、彼は余計に混乱してるんですよ」

「世の中には知らない方がいいことだってあるんだよ。それにいまさらじゃないか。自分をあんな目に遭わせたのが本当は誰だったかなんて、彼が知ったら……」

そこで磯崎の言葉が途切れる。

「知ったら……？」

茂みを掻き分けて現れた悠生に、二人が同時に息を呑むのがわかった。驚いたような眼差しを見返しながら、悠生は努めて淡々と言葉を紡いだ。

「知ったら、どうだって言うんですか」

咄嗟に声を失った磯崎に代わって、祐一が口を開こうとする。それを身振りで制すると、悠生は力なく左右に首を振った。

「いいよ。君の魂胆《こんたん》がどうでも、僕には関係ないし。だから言い訳なんていらない」

ここにきて初めてできた友達だと思ってたけれど、もうどうでもよかった。

嘘をつかれてたんだとしても気にならないし、何か思惑があって近づいてきたのだとしても構わない。いまさら理由なんて聞かされたくなかった。

（親友なら、いるし——）

傷つく必要なんて全然ない。気づいたらそう声に出していたのか、祐一が悔やむように唇を嚙むのが見えた。隣にいる磯崎も、気まずい面持ちで顔を顰めている。

「もう本当にいいんです。だから……」

放っておいてください——と、最後はちゃんと声にできたか自信がなかったが、悠生は二人の傍らを抜けるとそのまま真っ直ぐに奥庭を目指した。

(もう、誰も信じられない)

磯崎や祐一が自分に伏せている真実にだって興味はない。いまはただ疲労感だけが胸を占めていた。追いかけてくる足音を感じて、横道に逸れる。闇の中で咲く白い花を頼りに進むと、いつしか奥庭の深くまで踏み込んでいた。

木々を渡る冷たい夜風が、絶え間なく葉擦れを響かせる。

時折聞こえてくる低音は梟《ふくろう》の鳴き声だろうか。

(クロに、会いたい……)

誰よりも自分のことを理解してくれている親友——。彼に会ってこの胸のうちをすべて吐き出してしまいたかった。言葉の通じない異国で一人きり、そのうえ身勝手な思惑で恥辱を味わわされて、それでもまだここから逃げられないでいる。祐一に会えたことで、日々が好転するような気がしていたけれど、彼も笑顔の裏に何か思惑を隠していたのだ。

(もう、誰も信じたくない)

あの黒豹だけが味方なんだと思えた。つらいときにいつだってそばにいてくれた、あの温もりが恋しかった。

点々と続いていた白い花が、急に途切れる。見ればそこから先は深い森になっていた。

ここが奥庭の終わりなんだろう。庭と同じ闇に沈んでいても、森を染めるその深遠さはこれ以上の侵入を拒んでいるように見えた。

「クロ……」

そういえば、とふと思いつく。彼はいつも庭のどこで暮らしているのだろう。それとも彼もまたアカデミーの檻《おり》に囚われている身なのだろうか。自分と同じように——。

カサリ、と足元に何かが落ちる。見ればあのハンカチだった。

ポケットから零れてしまったのだろう。拾って土汚れを叩くと、指先にわずかな湿り気が感じられた。昼間の涙がまだ染みているのだろうか。広げて両端を引っ張ると、カラフルなブーケと銀色の鳩の刺繍が広がる。よく見ると右下には、同じく銀糸で刺繍された筆記体の記名があった。

「E.Isozaki……?」

まさかあの磯崎のものではないだろうが、思いがけない符合に眉を顰める。

(クロは、どこで手に入れたんだろう)

ぼんやりとそんなことを考えていると、ふいに森から吹いてきた強風が激しくケープの裾をはためかせた。

「あっ」

風勢に流されて、うっかりハンカチを手放してしまう。闇の中を縫うように飛んだハンカチはみるみる宙を駆け上がり、大木の枝に引っかかってしまった。

(どうしよう……)

黒豹と自分とを結ぶ、唯一の物証ともいえるハンカチだ。泣いてばかりの自分をどうにか慰めようとしてくれていた、彼の穏やかな眼差しを思い出す。

枝の高さまで二十メートルはあるだろうか。咄嗟に誰かを呼ぼうと思って端末に手を伸ばすも、呼ぶあてがないことに気づいて手を止める。

祐一も磯崎も、誰もあてになんてならない。だったら――。

(自分でいくしかないよね)

幸いハンカチが引っかかっている大木は枝が多く、足場に不足はなさそうだった。太い枝を選んでいけばそれほどの危険もないだろう。邪魔になりそうなケープを脱ぐと、悠生は最初の枝を目指して幹をよじ登った。

小学校時代には何度か、友人たちと木登りに興じた覚えがある。そのときの要領を思い返しながら、悠生は慎重に枝を選っては少しずつ高度を上げていった。

ようやくのことでハンカチの引っかかった枝までたどり着き、ふう……と肩から力を抜く。あとは枝を伝って先端まで手を伸ばせば、ハンカチを取り戻せるだろう。

だが、そこでまた突風が吹いてきた。

「わっ」

先ほどよりも強い風量に、一瞬体が持っていかれそうになる。バランスを崩しかけて慌てて枝にしがみついたところで、悠生は初めて地面に目をやった。

「え……」

下から目測したときよりも、上から見た距離の方が遥かに遠く感じられて、急に手足が竦みはじめる。目の前が真っ暗になった。

(ど、どうしよう……)

やみそうでやまない風がまた吹きつけてきて、小さく悲鳴を上げながら体を硬直させる。ポケットで端末が鳴りはじめるも、手を伸ばす余裕さえない。

すると着信音で居場所を察したのか、バタバタと駆けよってくる足音が聞こえた。姿は見あたらないが、祐一の声が下から響いてくる。

「篠原くん、そこにいるの」

やまない着信音に、心配げな祐一の声と磯崎の大声とが被さってきた。

「とにかく、能力を解除しろ！　辺り一面真っ暗だ、これじゃ助けられないっ」

言われて初めて、自分が能力を発動させていることに気がつく。満月なこともあり、さっきまでは眩しいほどだった月明かりがいまはすっかり闇に埋もれていた。

(あのときと同じだ)

階級試験でパニックに陥ったときと同様、自分では能力のコントロールが利かなくなっているのだ。必死に能力を解除しようとするも、闇の濃さは変わらない。枝をつかんでいる自分の手元がようやく見えるほどの明度しかなかった。これでは動くことすら適わない。

(こんなの、どうしたら……)

焦燥に追い込まれながら枝にしがみついていると、着信音がやんで祐一の声がまた聞こえてきた。

「篠原くん、黒豹を呼んで。君が呼べば、彼はぜったいに現れるから」

「クロを……？」

「そう。早く！」

急かされて意味もわからないまま、悠生はひたすら声を絞り出した。

「クロ――……ッ」

自分の声がそこら中に響き渡る。返ってくる木霊に、まるであの夢の続きのようだと思った。

クロもノワールも、悠生の呼びかけには応えてくれなかった。

現実でも同じだったらどうしよう？　もう二度と会えなかったらと思うと、暗闇や高所に対する恐怖とはまた違う恐さが込み上げてきた。

（クロっ、助けてクロ……ッ）

断続的に続く突風が、また横殴りに吹いてくる。ガサついた木肌にしがみついてそれに耐えていると、ふいに衣服をはためかせていた風がやんだ。

見ればまるでいつかみたいに、風除けの盾が目の前に立っている。

「クロ……」

いつの間に登ってきたのか、いまにも闇に紛れそうな毛皮が枝の上でしなやかにバランスを取っていた。キロリと輝く金色の瞳が、じっとこちらを見据えている。

「そうか、君なら見えるんだね」

わずかな光さえあれば闇の中でも周囲を見通せるのは、夜行性動物の特性のひとつだ。

昼間会うときはいつもスリットのように細かった瞳孔が、いまはこれ以上ないほどに開いていた。

だが、こちらを窺うように見ている眼差しはどこか困惑げにも見える。

「こんな夜中に呼んで、ごめんね」

伏せていた上半身をゆっくり起こすと、悠生は黒豹に向けて微笑みかけた。しばらくしてから、ウルルル……と喉を震わせた黒豹が、肩口にそっと側頭部を押しつけてくる。

「会いたかったよ、クロ」

求めてた温もりを服越しに感じながら、悠生は黒豹の額に口づけた。

「あのね、君にもらったものを取り戻そうとしたんだよ。——ほら、アレ」

背後で風に揺れているだろうハンカチを視線で示すと、黒豹はふいに悠生を飛び越えて枝の先へと向かっていった。ほどなくして身軽な体軀《たいく》が同じようにして戻ってくる。

その口元には、ハンカチが咥えられていた。

「クロ……」

目の前に置くも枝から手を放せずにいる悠生に気づくと、黒豹はもう一度咥え直したそれを襟ぐりからぐいぐいと中に押し込んできた。

これで用は済んだろうとばかり、ウルルル……とまた小さく鳴く。

「ありがとう、クロ」

枝を挟んだ両脚に力を込めると、悠生は開いた腕の中にしなやかな体を迎え入れた。

少しずつ闇の濃度が薄まっていく。気づいたら柔らかな月明かりが、自分と黒豹の毛皮とを照らし出していた。

（なんて綺麗な生き物なんだろう）

月光を浴びて輝く黒い毛並みに、まるで月のような神々しさを持つ金色の虹彩――。

（あれ……、誰かに似てる……？）

自分を見つめる優しい眼差しも、戸惑ったように逸らされては戻ってくる視線も、知っている誰かのイメージと重なる。

「クロ……？」

名前を呼ぶと真っ直ぐにこちらを見返してくる瞳。

その大きな瞳孔を覗き込もうとしたところで、しかし。

「わ……ッ」

またも突風が襲いかかってきて、悠生は不覚にもバランスを崩してしまった。

視界がぶれて一気に傾く。

（落ちるっ）

枝から大きく外れた体重が、引力に従って地面に引かれるのを悠生はスローモーションのように感じていた。見開かれる金色の瞳を間近に見ながら、この高さから落ちたら無事には済まないなと頭の隅で冷静に思う。

黒豹が身を乗り出そうとするが、獣の身で投げ出された人の体重を引き上げることは叶わないだろう。下手したら、一緒に落ちてしまう可能性だってある。

（そんなのダメ……っ）

そう思った直後に伸びてくる腕があった。

「え……？」

褐色の指が痛いほどに食い込んで、しっかりと悠生の体を支えている。すぐに枝の上へと引き上げられて、悠生は声を出す間もなく、逞《たくま》しい腕の中で抱き竦められていた。

「―――……」

耳元で囁かれた懐かしい声音が、吐息とともに鼓膜を震わせる。

（クロが、ノワール……？）

目の前で見た夢のような光景が、瞼に焼きついて離れなかった。

黒豹の体が闇に溶けるようにして崩れたあと、その輪郭がみるみる長身の影に変わったのだ。短めの黒髪に、褐色の肌。金色の瞳は変わらず、見開かれたまま自分を見ていた。

「ノワール……」

きつく抱き締められたまま、掠れた声でそう呟くとノワールが息を呑む気配があった。

かすかに震えはじめた腕がおずおずと解かれる。抱擁から解放されて顔を上げると、端整な顔立ちに不安と動揺とを浮かべながら、こちらを見ている彼と目が合った。

「あなたが、クロだったんだ」

いまさらのように磯崎がキメラについて語っていた言葉を思い出す。獣に変容できる、とはこういうことを指していたのだろう。

「あ……」

何か言葉にしようとするも、胸がいっぱいで声にならない。奥庭でいつも自分を気遣ってくれていた黒豹の姿に、献身的な介抱を捧げてくれたノワールの面影が重なる。

何も言えずに見つめていると、ふいに彼は顔色を曇らせた。つらそうに目を逸らしてから、何かを悔やむように唇を引き締める。

(え……？)

「篠原くん、大丈夫っ？」

そこで安否を案じる祐一の声が下から聞こえてきた。闇が晴れたことで、地上からもいまの一幕が見えていたのだろう。

「――――、――……っ」

悠生が無事を伝えるより先に、ノワールが下に向かって何事か叫ぶ。

それからこちらの安全を再確認するように肩に手をかけてから、ノワールはまたあっという間に、目の前でヒト型から獣への変貌を遂げた。

「篠原くん、黒豹につかまって。彼が君を下まで運ぶって言ってる」

「え……っ」

「大事になるとあとが面倒だから、早く降りてきた方がいいぞっ」

磯崎の声に慌てて下を窺うと、木の下にはほかの研究員らしき姿も数人見受けられた。他にもランタンの明かりがいくつも、こちらに近づいてくるのが見える。

ウルルル……と促すように鳴く黒豹の首筋に腕を回すと、器用にしなった体躯がふわりと悠生の体を持ち上げた。自分が小柄とはいえ、まさか乗せて動けるほど黒豹の身が頑丈だとは思わなかったので、悠生はその背の上で目を丸くするのが精一杯だった。

「う、わ……っ」

すぐに景色が流れはじめて、ジェットコースターに乗っているような感覚に見舞われる。黒豹は悠生を乗せたまま、いくつもの枝を経由して地上を目指した。着地のたびに毛皮の下で筋肉がしなるのを感じながら、悠生はひたすら回した腕に力を込めていた。

時折りスピードダウンしては後ろを気遣う彼を安心させるために、温かい首筋に顔を埋めて「大丈夫だよ」と優しく囁く。地上に到着するまで、きっと一分もかからなかったろう。けれどずいぶん長い間、悠生は黒豹の背に乗っているような気がした。

「よかった……！　怪我はない？」

地面に降り立ったところで、祐一が駆けよってきて手を貸してくれる。

「あ、脚が……」

いまさらのように震えはじめた脚で地面に立つと、祐一が心底安堵したように表情を緩めた。遅れて駆けつけた磯崎までもが、気の抜けた顔で胸を撫で下ろしてみせる。

「やれやれ、無事で何よりだ」

そう零すなり抱き締められて、悠生は思いがけないスキンシップに目を白黒させた。

それを見てやんやと野次馬が沸く。夜中だというのに集まった野次馬たちは事の経緯を呑み込めていないはずなのに、悠生が笑顔を見せると拍手まで贈ってくれた。寮生や教師の顔も見える。

だが白衣を着た数人は難しい顔をしていたので、あとで怒られるかもしれないなと思った。ノワールまでを巻き込んでしまったのだから。

「あ」

（そうだ、彼はどこに……）

いまさらのように気づいて首を巡らせるも、周囲にそれらしき姿は見あたらない。この大人数に嫌気が差して隠れてしまったのだろうか。茂みに向かって「クロ」と小さく呼びかけてみるも反応はない。やがて隣に立った祐一が、静かに首を振ってみせた。

「もう、いっちゃったよ」

「え？」

「彼、自分が黒豹だってことは君に知られたくなかったみたいだね」

「え……、でも……っ」

（クロとノワールが同一人物だって知れて、僕は嬉しかったのに）

あのとき、言葉にできなかった思いがまだ胸いっぱいにひしめいている。けしてネガティヴではないこの浮き立つような感情を、何て名づければいいのかはよくわからないけれど、でも――……。

「ようやく、気持ちがひとつになったのに……」

「うん、君の気持ちはわかってる。でも、いまはこの場を離れるのが先決なんだ。黙ってついてきてくれる？」

祐一に手を引かれて、さりげなく野次馬の輪を外れる。白衣を着た者の目に留まらないよう注意を促されながら、悠生は一旦、道を外れた茂みの裏に隠れた。そこから先はあとからきた磯崎に連れられて、藪《やぶ》の中の道なき道を寮まで先導される。

「鴻上くんは……」

「ああ。もうひと騒ぎ起こして、あの場を攪乱《かくらん》してくるってさ。優等生のわりに、意外にやること大胆なんだよね、彼」

「攪乱って」

「君いま、研究所方面では指名手配に近い状態なんだよ。もちろん学院側は知らないだろうけどね」

暗い道中をランタンで照らしながら、磯崎は悠生の知らなかった経緯について、少しずつ詳細を説明してくれた。ノワールの小屋を出た悠生が研究所では脱走扱いになっていたこと、それを磯崎と祐一とで共謀して匿っていたこと――。

「悪いな。君に近づいてくれるよう、彼に依頼したのは俺なんだよ」

「え？」

「あの庭で、君が黒豹と戯れてるのはよく見かけてたからね。ノワールが君に惹かれてるのは、傍目にもよくわかった。今後たどるだろう経過もね――。だからそのためにも、君のそばに人を置きたかったんだ」

「どうして……」

「くり返される不幸を止められるものなら止めたいって、誰だって思うだろう？　でも、不幸じゃなかったんだな――。俺はそこを読み違えてたってわけだ。鴻上くんには今日一日、さんざんそこを突かれたよ」

「え」

「君らが両思いだとは思わなかった」

それが自分とノワールとを指すんだとわかって、悠生はストンと何かが腑《ふ》に落ちるのを感じた。

（ああ、そうか）

胸を満たしているこの思いの「名前」を知って、さらに胸が熱くなる。

「……彼が、好きなんです」

そう口にすることで、悠生は自分の気持ちがよりリアルに、鮮明になっていくのを感じた。ノワールとして、黒豹として彼が自分に傾けてくれた情熱に対して、同じだけの気持ちを返したい。

（彼の心に応えたい――）

自分にとって彼がすでに、かけがえのない存在になっていることを思い知る。

「彼のことが大事だから、これ以上つらい思いをさせたくないんです」

最後まで悲しそうな瞳をしていた彼を、できることならいますぐにでも捜しにいきたい。彼と自分の間に誤解があるのなら、何としてもそれを解きたかった。

逸る気持ちを打ち明けると、磯崎は酸っぱいものでも含んだように一度顔を顰めてから、ほどなくして口元を緩ませた。

「あー……わかったよ、君の気持ちは痛いほど流れ込んでくる。けど知ってるか？　あいつ、君の前じゃ猫被ってるけど、ホントはすげーワガママな王様ヤロウなんだぜ？　そんなの抱え込んだら、この先苦労すんの目に見えてると思うけどな」

苦々しい口調を装いながらも、磯崎の言葉はどこか楽しげでもある。ノワールに対しての彼のスタンスは、一研究員としてのそれとはどうも異なるような気がしてならない。

「磯崎さんは、彼が嫌いなんですか」

それとも好きなんですか、と心中だけで続ける。それからふいに、ハンカチに刺繍されていた記名のことが頭をよぎった。そこで磯崎の足取りが目に見えて鈍る。

「……あいつ、まだソレ持ってたのか」

「磯崎さんのなんですか」

「俺の母親のだよ。名前はエリカ・磯崎。ノワールの最初の恋の相手だ」

「え……」

「そのせいで、あいつにはやたらと敵視されてね。息子の俺と張り合ったって仕方ないだろってのに、母さんと話してるだけでよく威嚇されたよ。だから俺、あいつ嫌いなの」

そう言って笑うと、磯崎は少しだけ遠い目をして前方を見つめた。

「母さんはあいつといて幸せそうだったよ。父さんが亡くなって十年は経ってたから、久しぶりのときめきだわって、年甲斐もなくはしゃいだりしてさ。でも——あんな結果になって、所詮キメラとの恋なんて実らないママゴトみたいなもんなんだって思った」

だから、と一度言葉を切ってから磯崎がこちらへと視線を向けてくる。

「君との恋も、うまくいくわけないとどこかで思ってた。だからせめて君が傷つかないよう、できる範囲で動いてたつもりだよ」

「最終的にはどうする気だったんですか」

「ノワールに失恋させて、君を諦めさせるつもりでいた。そのために彼が黒豹だってことは故意に黙ってたんだ。けど、そのせいで君にはつらい思いをさせてしまったな」

歩きながら、クシャリと髪を撫でられた。

（いいえ、僕よりも彼の方がきっと……）

零れそうになっていた涙を落とさないために顔を上げる。夜空で瞬く星を数えているうちに寮が近づいて、磯崎とは昇降口に続く並木道で別れた。部屋で祐一の帰りを待ちながら、悠生は何度も、これまでのノワールの表情や仕草を思い返していた。

（どうか、彼が泣いてませんように）

窓から見える暗い森を眺めながら、ただそれだけを願って指を組み合わせる。まんじりともせずに時間だけがすぎていった——。

形見【souvenir】

俺の獣化変容を彼が知らないことに気づいたのは、黒豹姿で彼の前に現れたときのことだ。以前と少しも変わらない態度で、彼は俺の名を呼び、腕を開いてくれたのだ。

『彼は、君がノワールだと知らないんだ』

その事実を、あとから現れたあいつの言葉で俺は改めて噛み締めることになった。

『正体を明かさない方がよければ、ひとまずこの場を立ち去って欲しい』

ほんの数秒迷った末、俺は彼の元を離れた。ヒト型では嫌われてしまったけれど、この姿でならこれまでどおりそばにいられるかもしれない――。その誘惑に勝てなかった。

けれどそんな都合のいい話を、神が許すはずもなかったのだ。

(もう彼のそばにいられない……)

彼に知られてしまったからには、もう獣の姿でいることも叶わない。彼があんなふうに呼んでくれることもないだろう。優しく抱き締めてくれることも――。

(でも、嬉しかったんだ)

彼があのハンカチを大切にしてくれているのが嬉しかった。あの人のくれた思いや温かさまでも重んじてくれているようで……。

彼はあの人を知らないけれど、もしあの人が彼の存在を知ったらきっと「いい子を好きになったわね」と褒《ほ》めてくれるに違いない。

『いい？　誰かが泣いてるときは、黙ってハンカチを差し出すものなのよ』

それが男の嗜《たしな》みなんだから、とあの人がくれたハンカチを彼女自身に差し出す機会はなかったけれど。俺はあのハンカチで、少なくとも一度は彼を笑顔にすることができた。

そのハンカチを彼はいまも大切にしてくれているのだ。それで充分だと思った。

彼が自分を思っててくれた証拠を、最後に見ることができてよかった。

（これからは遠くで、彼の幸せを案じることにしよう――）

そう素直に思うことができた。

あの人の息子やあいつに囲まれて笑顔を見せる彼に、俺は無言で背中を向けた。

『――ねえ。あたしは年寄りだから、あんたよりきっと先に逝《い》くわね』

庭での逢瀬のたびに、あの人がいつも言っていた言葉をふいに思い出す。

『あたしが死んだら、できるだけ早く次の恋を見つけなさいね。で、うまくいったらあの桜の下に報告にくるのよ』

『桜って、あの白っぽい花のことか』

『そう。あたしがいちばん好きな花よ。死んだらあたし、あの樹に宿ることに決めてるの』

『フウン。じゃ、うまくいかなかったら報告にいかなくてもいい？』

『ダーメ。そしたらあの樹の下で泣きなさい。花を揺らして慰めてあげる』

いいわね必ず報告にくるのよ、と桜のそばを通るたびに何度も約束させられたものだ。

あの人が俺に遺してくれたものといえば、あのハンカチとこの庭くらいで、中でもいちばん想い出に繋がっているのがあの桜だった。

『花は散るから美しいなんて、男の理屈ね』

散らない花があってもいいじゃない、それがあの人の口癖だった。

彼女の研究成果は、いまもこの庭のあちこちで咲き続けている。

(あの人に、報告しにいかなきゃ)

彼がこの庭に足を踏み入れることはもうないだろう。それでも万が一鉢合わせしないために、俺は朝早くに小屋を出た。庭の片隅で、ひっそりと咲き続ける桜を目指して——。

無事に報告が済んだら、しばらく旅にでも出ようと思う。キメラの外出はそう簡単には許可されないから、申請だけ出して当分の間は研究所に籠っててもいい。

(さようなら、ユウキ)

彼の面影を瞼に浮かべながら、俺は冷えた黒土をゆっくりと踏み締めた。

5 【cinq】

「ごめん」

明け方近くになって帰ってくるなり、祐一はそう言って深く頭を下げた。

ボルドー色の髪についていた枯葉が、カサリ、と音を立てて床に落っこちる。

「君と同室になったのは裏から手を回したからなんだ。それにあの手帳、事務局から預かったっていうのは嘘だよ。拾ったのは偶然だったけど、君と話す口実が欲しくて手元に置いてたんだ」

「どうして、そんな」

「君のことを、頼まれてたから」

そこでようやく顔を上げた祐一が、弱ったように首を傾げた。

「磯崎さんに……？」

「そう。君に近づいて、身辺に変化があったら知らせてくれって頼まれてたんだ。――ノワールがあんなに早く恋を告げるとは、あの人も思ってなかったみたいだね」

「じゃあ、親身になってくれたのは……」

「ううん。いまさらこんなこと言っても、信じてもらえないと思うけど……誰かとあんなに話が弾んだのは久しぶりだったんだよ。あの庭でも、寮でもすごく楽しかった。出会いは作為でも、君の人柄に惹かれたのは本当だよ。ここでできた初めての友達だと思ってた。なのに僕は――君のために何もできなかった」

ごめん……と呟きながらまた頭を下げようとした祐一の肩に手をかけると、悠生はゆっくりと頭《かぶり》を振った。

「そんなことないよ、今日だって君のおかげで助かったんだし。それに――……」

祐一の髪にまだ残っていた枯葉を摘む。よく見れば頬や首筋にもうっすらと土汚れがついていた。それだけ森の中を奔走してくれたのだろう。

(僕らのために)

磯崎に聞いたところによると、彼は今晩のうちにノワールに会い、真実を話すつもりで寮を抜け出したのだという。そして悠生にもすべてを詳らかにしたところで、当事者二人に結論を出させるべきだと、そう主張していたらしい。

誤解を解いて向き合えば、きっとハッピーエンドが待っているはずだ、と。

磯崎をはじめ、自分やノワールでさえこの騒動の行き着く先なんて見えていなかったのに、祐一だけが未来を見据えて動いていてくれていたのだ。

「君は、僕らがうまくいくと思ってたの……?」

そう問いながら首を傾げると、祐一はふわりと表情を綻ばせてから小さく頷いた。

「磯崎さんから君たちについて聞いたのは、もう数週間前になるかな。あの人はわりと頻繁《ひんぱん》にあの庭を訪れてたらしいよ。君が初めて迷い込んできたときも、実は近くにいたんだってさ。庭の番人と化してる黒豹に怪我させられないか、慌てて様子を見にいったら、君は一緒になって昼寝してたってびっくりしてたよ。目が覚めても威嚇しないノワールにも驚いたけど、あんな大型獣に平然と腕を開く君にも驚いたって」

あの日のことは、悠生もよく覚えている。

一人になれる場所を探して歩いているうちに、気づいたらあの庭に迷い込んでいたのだ。誰も見ていない、と思った瞬間に涙が溢れていた。泣いても仕方ないと思うのに、あとからあとから涙が零れて……泣き疲れるほどに泣いて目を覚ましたら、すぐ近くに温かな毛皮が横たわっていたのだ。

いま思えば、少しは寝惚けていたのかもしれない。クロがいる、と思ったのだ。小学生のときに家を出ていった黒猫が帰ってきたんだって、泣いている自分を慰めにきてくれたんだと思った。

考えるよりも先に「クロ」と呼びかけて、自分から彼へと近づいていた。

初めて彼を撫でたときの感触は、いまもこの手に残っている。しなやかな手触りに誘われるようにして、悠生は黒豹の体をそっと抱き締めた。アカデミーにきて以来、初めて安堵を感じる瞬間だった。

それからは一人になるためではなく、彼に会いにいくために庭へ通い続けた。

誰にも見られていないと思っていたが、磯崎の目には留まっていたらしい。

「君は最初から、僕があそこにいるのを知ってたんだね」

「うん。タイミングよく転室願が出されてたから、同室になるよう手は回してもらってたけど、どうしてもあの庭にいる君たち二人を見てみたかったんだ」

「どうして……」

「黒豹の獰猛さについては噂でも聞いてたし、それに磯崎さんが君らのことを、『まるで恋人同士みたいだ』って言ってたから。あてられたくなかったら庭に近づくなとまで言われたんだよ？　もっとも、あの人はキメラの恋が成就するとは露《つゆ》ほども考えてなかったみたいだけどね。――実際に君らの姿を見て、僕は確信したんだ。きちんとした手順を踏めば両思いになるに違いないって。君と黒豹の絆はそれだけ特別なものに見えた」

翌日になって磯崎からノワールの婚約話を聞かされたときも、『彼らなら、きっとうまくいく』とそう思っていたのだという。

「君はまだ、彼と僕がうまくいくって思ってくれてる……？」

「もちろん。彼は君の気持ちを知らないいんだ。君がどれだけ大切に思ってるか――」

「……彼に、会いたい」

言葉にした途端、涙が溢れる。ここにきてから一生分じゃないかと思うほどの涙を流した気がするけれど、胸が張り裂けそうなほど誰かを思って泣くのは初めてだった。

はい、と森に置き忘れていたケープを手渡される。

「彼はたぶん、君の前から姿を消そうとしてる。会えるなら、いましかないと思う」

「――うん」

祐一の声に背中を押されるようにして悠生は部屋を出た。早朝の静けさの中、寮を抜け出してあの庭へと向かう。

（お願いだから、まだいかないで）

そう何度も念じながら、悠生は逸《はや》る心を抑えて先へと進んだ。

はらはらと降りしきる花びらを浴びながら、ひたすら足音が近づいてくるのを待つ。

（ここにいれば、会えるはず）

奥庭の入り口で悠生を待つように立っていた磯崎に、ここへ向かうように言われたのだ。

この満開の桜の下へと――。

ケープの中に畳んだ膝を隠しながら、悠生は黒い木肌に背中を預けて絶え間なく降り注ぐ花弁を眺めていた。辺りはもうだいぶ明るくなっている。

ひんやりとした早朝の空気が、緊張で火照った頬に心地よかった。

ややして近づいてきた足音が、ざくっと中途半端な位置で止まる。見ると、目を見開いてこちらを見つめている彼の姿があった。

「クロードっ」

目が合うなり、踵を返そうとした彼を慌てて呼び止める。

通称ではなく、ようやく知れた本名を叫ぶと、彼は驚いたようにその場で凍りついた。

「いかないで――クロード・レスピナス」

ゆっくりと振り返った眼差しに撃たれながら、幹を支えにして立ち上がる。

小刻みに脚が震えているのは、ようやく彼に会えたからだろうか。緊張と昂奮がない交ぜになって、いまにも心臓が止まってしまいそうな気がした。

彼との間にある齟齬《そご》を解かなければいけないのに、それをどう言葉にしていいのかがわからない。

彼には英語もほとんど通じないのだと磯崎に聞かされた。アカデミーにきてからも頑として母国語しか口にしようとしないのだと。でも、そういう頑なさが何とも彼らしいなとも思った。

何かを一心に貫く潔さ《いさぎよ》が、彼の姿勢にはいつも溢れていたから。

黒豹のときも、ヒトの姿をしているときも。

「お願い、どこにもいかないで」

そばにいて欲しい、とけっきょくは日本語しか出てこなくて、悠生はにわかに焦燥を感じた。

思いが伝わらず、彼が立ち去ってしまったらどうしよう。挽回のチャンスなんて次にいつあるかわからない。言えることをいま、言わなければ——。

だが、そう思えば思うほどに気持ちばかりが焦ってしまう。

「クロード」

呼びかけながら一歩踏み出したところで、クロードが間合いを取るように後退した。

こちらの思惑を、彼も量りかねているようだ。

いまにも駆け出してしまいそうな気配を感じて、身が竦む。

（いかないで……）

でも——いまは自分が走る番なのではないかという気がした。ただ機会を待つんじゃなくて、自ら走って手に入れなければならないチャンスなのではないかと。

「お願いだから逃げないで……っ」

走りはじめると同時、駆け出すクロードの背中が見えた。と思った直後に視界いっぱいに地面が広がる。一拍遅れて、鈍い痛みが顔と膝を襲った。

「いた、た……」

無様にも、ダッシュした途端に転んでしまったようだ。

何でこのタイミングで……と自分の鈍臭さを呪いたくなる。見ればケープに血が滲んでいる。小石でどこかを擦り剝いたらしいが、そんなことは気にしていられない。すぐに立ち上がろうとした悠生の傍らに、ふいに大きな影が降ってきた。

「あ」

フランス語で一気にまくし立てながら、クロードが悠生の体を抱き起こす。痛くないかとしきりに問われている気がして首を振ると、安心したように金色の眼差しが緩んだ。

「ジュスイ……、デゾレ」

彼がよく口にしてた言葉を返すと、クロードは驚いたように首を振ってみせた。また何か言ってくれるけれど、言葉の意味は悠生にはわからない。でも彼の思いは、体を通して伝わってきた。

(まだ、僕を想ってくれてるんだね……)

長身を縮めて悠生の顔を覗き込みながら、クロードがおずおずと、だが愛しげな仕草で頰を撫でてくれる。

「大好きだよ、クロード」

そう囁きながら彼の手に掌を重ねると、クロードは困惑した様子で瞳を狭めた。

思いが伝わらないもどかしさに、歯嚙みしたくなる。

(フランス語で愛してるって何だっけ……？)

こんなことなら祐一に、必要な単語を聞いてくれればよかったといまさらながらに思う。

「ジュ、テーム……？」

クロードの瞳をじっと見つめながら囁くと、彼はふっと眉間に翳りをみせた。

違ったかなと思いつつ、この際英語でもいいかと「アイラヴュ」と続けてみる。だがそれにすら眉を顰めると、彼は小さく首を振ってみせた。

（どうすれば信じてくれるの……）

言葉で伝えても通じないのなら、残る方法はひとつしかない。

クロードの首筋に両手を伸ばすと、悠生は薄く開いた唇に自身の唇を押しあてた。そのままキスを維持しながら、そっと伸ばした舌先で唇の輪郭をたどってみせる。

こんなに好きで堪らないんだって。

（お願いだからわかって……っ）

ゆっくり唇を離すと、クロードは驚いたように口元を覆った。

「ユウキ……」

「え」

小さく呟かれたのが自分の名前だとわかった途端、悠生は耐えがたい衝動が込み上げてくるのを感じた。クロードの掌を口元から外して、今度は初めから深いキスを仕かける。

ほかの誰でもないクロードがあの日、悠生に教えてくれたキスだ。

「ん、ぅン……」

消極的な舌を誘い出して、懸命にリードを試みる。あのときとはまるで立場が逆だった。

何度もくり返すうちにこちらの熱意が乗り移ったかのように、クロードの舌が次第に積極性を帯びていく。

「ンん、ッ」

唇を合わせたまま逞しい腕に華奢な腰を持ち上げられて、膝の上に載せられる。ケープの内側に忍んだ掌が、悠生の体を熱く撫で回しはじめた。

性急な愛撫に、頭の芯が痺れそうになる。

（あ、そうだ……）

祐一に教わった単語がひとつだけあったことを思い出して、悠生は執拗なキスからどうにか逃れると吐息混じりに囁いてみた。

「ジュ、トゥヴ……」

途端に眩暈《めまい》を覚えたように、クロードがこめかみに手をあてて俯いてみせる。

（あれ、間違えたかな……？）

クロードの反応にいささか不安を覚えていると、急に有無を言わせず抱きかかえられるはめになった。両腕の間で横抱きにされるなり、どこかへと向かいはじめる。

「え、え……っ？」

移動の合間も熱を帯びたキスを首筋や頬に落とされて、そのくすぐったさに耐えているうちに悠生は気づいたらクロードの小屋へと連れ込まれていた。

真っ直ぐにベッドに運ばれて、枕に押しつけられながらまた熱いキスを受ける。手早くケープのボタンを外した指が、早くも衣服を脱がせにかかっていた。

（嘘、そこまでいっちゃうの……？）

事の成り行きについていけず、悠生は戸惑いの中で思わず身を縮めた。遅ればせながら、磯崎にされた忠告が脳裏に蘇る。

『あいつ、まだ発情期だから気をつけな』

キメラのヒートは魔族と違い、軽く一ヵ月は続くのだという。

（ま、またあんな目に遭わされるのかな……）

だが不安に煽られて身をよじると、クロードはすぐにキスから解放してくれた。服にかけられていた手もピタリと止まっている。

「クロード……？」

見ればこちらの意思を窺うように、真摯な眼差しがじっと自分を見つめていた。

きっとここで首を振れば、彼はやめてくれるだろう。嫌がるようなことはしたくない、と合わせた瞳を通じて伝わってくる。

（あのときとは何もかもが違う）

互いの思いも、状況も――。

一方通行で偏っていたすべてが、いまは釣り合っているのが目に見えるようだった。

「いいよ、好きにして」

もう一度「ジュトゥヴ……」と呟いて目を瞑る。するとこれまでの性急さが嘘のように、クロードは壊れ物を扱うような仕草で優しく悠生の体を拓《ひら》いていった。

数えきれないほどのキスを体中に注がれながら、衣服を脱がされて裸体を探られる。

「あ……」

何もかもが強引で激しかった愛撫の記憶を上書きするように、クロードは悠生の体を丁寧に横たえると、あえかな兆しをみせていた悠生のモノにそっと右手を添えた。羽に触れるようなタッチでソコをくすぐりながら、空いた左手で胸の尖りをツンと摘まれる。反対側の尖りには唇がよせられた。

「ア……っ」

悪戯のたびに声を上げる悠生の様子を観察しながら、クロードは少しずつ準備を整えていった。

指で優しく扱かれるだけで蜜を零しはじめた先端を撫でられながら、交互に胸を訪れるザラついた感触に腰を震わせる。尖りを甘噛みされながら蜜口を探られると、背筋を駆け抜ける快感があった。

「んっ、ぁあ……」

少しでもそれがあの日の記憶に繋がりそうになると、すぐに弱められる愛撫。だがそれでは次第に物足りなくなっていく体に気づいて、悠生は逡巡したのちに自ら脚を開いた。

「――……」

感嘆とした調子で何事か呟かれて、カァ……ッと一気に頬が熱くなる。

咄嗟に閉じようとした脚の間に、クロードの体が入り込んできた。

「あ、ア……」

下肢の狭間に顔をよせられて、すぐに舐められるのかと思っていたソコに優しく息を吹きかけられる。そうやって焦らされたあとにようやく含まれたときは、思わず腰が浮き上がってしまった。

「やっ、あ……ッ」

刺激に弱い粘膜をザラついた舌に擦られて、さらにビクビクと腰が跳ねてしまう。

そこから先はあの日と同じように、執拗な舌技で何度も絶頂寸前に追い込まれた。でもあの日と違うのは、そうされていても彼の気持ちが伝わってくること――。心が通じているだけでこんなにも違うのかと思うほどに、泣きたいほどの充足感で胸がいっぱいになる。

「あ、――……ッ」

ほどなくして、悠生は最初の吐精を彼の口の中で迎えた。溢れる蜜を少しも逃すまいときつく吸引しながらなおも締めつけられて、強いられる快感に爪先までが震える。

「あ、待って……」

その余韻も冷めやらないうちに次の愛撫を施そうとしていたクロードの動きを、悠生は身じろぐことでどうにか制した。

(受けるだけじゃなくて返したい、から)

いつの間にか衣服を脱ぎ捨て、褐色の裸身を晒《さら》していたクロードの体に手を伸ばす。枕を背に横たわらせると、悠生はクロードの下肢の狭間に蹲《うずくま》って顔をよせた。

完全に勃ち上がったソコをつかんで口元に持っていく。まだ濡れてはいない先端を口に含むと、濃いオスの匂いが立ち上ってきた。自分のモノよりも遥かに大きく、膨らんだ先端に舌を這わせる。頭上でクッと息を呑む声がして、悠生は夢中になってクロードの屹立にしゃぶりついた。

窄《すぼ》めた唇の輪で硬い幹を擦りながら、ずっしりとした果実のような膨らみを揉み合わせる。やがて先端の切れ目から熱い粘液が込み上げてきた。

それを熱心に啜りながら、クロードの味を舌で記憶する。

「あ……っ」

その行為にしばらく没頭していると、急にクロードが身を起こして悠生の下肢に手を伸ばしてきた。腰の括れを捕らわれて、くるりと半回転させられる。互いの下肢を相手の顔に押しつけるような体勢にされて、抗う間もなく、悠生は再び彼の口内に含まれていた。

「やっ、こんな……っ」

クロードが体を起こしている分、悠生の狭間はより彼に押しつけるような形になってしまう。

両膝が浮く不安定な体勢で這いながら、悠生は与えられる快楽に負けまいと必死に目前でそそり立つ欲望に吸いついた。

「んっ、ぅンン……ッ」

だが悠生の奮闘にも、クロードは余裕の態を崩さない。しばらくして悠生の屹立から唇を外すと、彼は両手で肉の狭間を割り開いてきた。狭い隙間を嘗《な》め尽くして唾液塗れにしてから、濡れた蕾《つぼみ》を左右の親指で広げて、さらに中まで舌を差し込んでくる。

「ヤッ、ぃや……ッ」

奥にまで充分唾液を送り込むと、クロードは差し替えた中指でぐりぐりと前立腺を抉《えぐ》りはじめた。そのたびにガクガクと揺れる悠生の腰を容易く押さえ込みながら、熟《う》れた果実のように赤くなっている悠生自身をまた口内に迎え入れる。

「あっ、ダメ……、ぁあっ」

気づけば三本に増えた指で中を弄られながら、悠生は嬌声の合間に必死にクロードの屹立を舐《ねぶ》った。

恐らくは悠生が達さないよう、クロードは的確に愛撫をコントロールしていたのだろう。二度目の絶頂間近でしばらく啼《な》かされたあと、ようやく腰の拘束を解かれる。

「え……、あっ」

また軽々と体を持ち上げられて、今度は向かい合ったまま膝に載せられた。口を閉じかけていた蕾に、自身の唾液でさんざん濡らした熱い欲望が宛がわれる。

「――――……ッ」

ズル……と押し入られた瞬間、悠生は声もなく達していた。断続的に溢れ出す白濁が、クロードの褐色の肌にパタパタと散っていく。

「……ッ、ひ、ぁあ……っ」

射精が終わるのを待たずに律動がはじめられて、悠生は次々と打ち込まれる快感に声を裏返らせた。中を突かれながら前を扱かれて、残滓《ざんし》のすべてを搾り出すような愛撫に今度は涙を散らす。

「う、はっ、――……ッ、ぁ」

すぐにまた三度目の射精がはじまって、悠生は声もなく喘ぎ続けた。それが終わる頃になってふと、腕に柔らかな感触を感じる。見ればクロードのしっぽだけが変化している。

(え、……あ)

本人はまったく気がついていないらしく、至って真面目な顔をしているのでそのアンバランスさが妙に可愛らしく見えた。どういう按配《あんばい》なのかはわからないが、これもヒートの影響なのだろうか。

「ん……っ」

ふかふかしたしっぽの先をつかんだところで、ようやく最奥に奔流を感じる。クロードがひと息つくように悠生の肩に顎を載せてきた。快感の余韻で余裕がないのか、いくらしっぽを触っても気づかないクロードに、悠生は束の間だけ和《なご》んだ気持ちを味わった。

だがこれで終わりではないことを、まだまだ硬いままの屹立が教えてくれる。

「うそ……まだそんな……」

クロードのしっぽまでが、昂奮を表すように逆立って太くなった。

（やっぱり、やめとけばよかったかも……っ）

いまさらな後悔を味わいながら、悠生はけっきょく昼近くまで喘ぎ続ける結果になった。

終章【épilogue】

「あ……」

ちょうど開いた絵本の隙間に、ヒラヒラと舞い落ちてきた花びらが一枚挟まる。見上げればまだきりなく注いでいる白い花弁が、陽だまりで温む芝生に積もろうとしていた。

ページから摘んだ花びらを、傍らで眠る悠生の頰に載せる。髪や体にも淡く白い花を留めながら、悠生はまだ緩やかな午睡の最中にいた。

(あれから一ヵ月――……)

長かったような気も、短かったような気もする。悠生の同意を得たことで正式な婚約関係への手続きが進み、今日からはようやく二人での生活がはじまるのだ。

昨日まではまだ寮で暮らしていた悠生だが、荷物だけは早いうちから運び込んでいたおかげで引っ越し作業も午前中だけで終わった。何よりもあいつとの二人暮らしを黙認せざるを得なかった状況に終わりを告げられて、俺はこのうえない至福を嚙み締めていた。

「あ、かい……はな」

ページに指を添えて、字を読み上げる。

悠生のために、俺はいま日本語を勉強している。ようやく単語を覚えはじめたのが最近なので、流《りゅう》暢《ちょう》に喋れるようになるにはまだ当分かかりそうだった。

俺のためにフランス語を勉強している悠生も似たような状況で、彼の場合は英語も同時に習得しようとしているので余計に時間がかかっているようだ。

それにしても英語は一ヵ月で覚えてしまったのだが、日本語はなかなかに難しい。

(でも、いつかのために)

俺は完璧に日本語を会得する気でいる。

なぜなら日本には悠生のお母さんがいて、俺はいつかその人のところにいって、「息子さんをください」と言わなければならないのだ。

『それ、いまさらすぎると思うけど……』

俺の崇高な使命を悠生はそんなふうに軽んじるけれど、日本では結婚を許してもらうには必要不可欠な儀式だと磯崎が言っていたので、俺はやる気に燃えているのだ。

悠生と一緒にいられるのなら、俺は何でもするし何でもできる。小うるさい担当官たちに何を言われても、悠生が「暴力はぜったいだめ」と言ったので腕力は揮《ふる》わないでいるくらいだ。——まあ、代わりに口応えはたくさんしているけれど。

いずれは子供を作るという約束で、俺たちは四六時中の監視を免《まぬが》れることになった。月に一度はともに検診を受けることを義務づけられたけれど、研究員に私生活を覗かれることに比べたら容易い条件だ。昔は誰に何を見られても気にもしなかったけれど、いまは違う。

あんなに可愛い悠生を、ほかの誰に見せてやるもんかと本気で思っている。

できれば学院にだって通わせたくないくらいなのだ。

「愛してるよ、悠生」

最初に覚えた日本語は、囁くたびに悠生の頰を染める。言いすぎると恥ずかしがるので、最近は眠っている間に言うようにしてるのだが。

(これが俺の悠生だよ、エリカ——)

眠る悠生の額に口づけながら、俺は何度目かになる報告を桜に向けて念じた。

途端に、ワサッと大量の花が降ってくる。もうさんざん紹介されたわよ——という、彼女の呆れた声が聞こえた気がして、俺は思わず笑みを綻ばせた。

風と追憶のリフレイン

Ⅰ【un】

目が覚めると、すぐそこに愛しい人の姿がある――。

そんな朝が日常になって、もう一ヵ月が経つ。


「おはよう、クロード」

呼びかけるなり目を開いた恋人が、小声で愛を囁《ささや》きながら褐色の腕を伸ばしてくる。それをやんわりと身じろぎだけで制してから、篠原悠生《しのはらゆうき》はゆっくりと身を起こした。

うっかり囚《とら》われると朝の支度時間が確実に逼迫《ひっぱく》するので、最初に拒むのが何よりも肝要。そう何度も学んだはずなのに。

「……もう、その顔は反則だってば」

捨てられた動物のような眼差《まなざ》しでじっと見られては、とても抵抗できない。金色の虹彩《こうさい》に魅入られるようにして枕元に肘《ひじ》をつくと、悠生は最愛の人であるクロードにささやかなキスを贈った。啄《ついば》むだけのそれで今朝は満足してくれたのか、唇を離すなり甘い睦言《むつごと》を耳元に囁かれる。

『愛してるよ、悠生』

吐息《といき》交じりのフランス語は、ほぼ毎朝のように聞かされるフレーズだ。

『僕もだよ、クロード。――世界でいちばん君が好き』

同じくフランス語で返せるくらいには、悠生の語学力も少しはアップしている。その程度を試すようにまた耳元で甘い言葉を囁かれた途端、悠生は頬《ほお》を朱《しゅ》に染めた。

「そんなこと、朝から言わないで……」

思わず零《こぼ》した日本語の呟《つぶや》きに、クロードが笑顔を蕩《とろ》けさせながら腰に腕を回してくる。

「通じたんだ？　悠生もずいぶんフランス語を覚えたね」

自分がフランス語の会得《えとく》に四苦八苦する横で、あっという間に覚えてしまった流暢《りゅうちょう》な日本語で話しかけられて、悠生は少しだけ唇を尖《とが》らせてからクロードの高い鼻先に指を添えた。

「ああいうこと言うのは、夜のベッドだけにして」

「どうして？　朝はだめなんて誰が決めたんだ」

「僕だよ。じゃないと……」

朝から我慢できなくなりそう――だなんて。口には出して言わなかったけれど、聡《さと》い恋人は悠生の態度だけで察したのだろう。俺は構わないよ、なんて誘惑をまた甘く耳元に吹き込んでくる。

（クロードったら、もう）

この体のどこをどんなふうに触ればスイッチが入るか、クロードは知り尽くしている。それを狙って伸びてきた指先が、昨夜の名残《なごり》でいまだ赤い胸の尖りを無造作に摘《つ》まんできた。過敏なソコを捻《ね》じられる快感で、思わず甘い息が漏《も》れてしまう。

「ほら、悠生の体も欲しがってる」

「だめ……やっとヒートも終わって、しばらくは控えめにしようって話したでしょ」

『覚えがない』

「嘘。少しは僕の体も思いやってよね」

「……ごめん、悠生」

途端に目に見えて意気消沈したクロードが、しゅんと首を垂《た》れてみせる。

（ってのは、ちょっと言いすぎかもだけど……。いや、そうでもないのかな）

実際、悠生とクロードでは体のつくりが違いすぎるのだ。ただでさえ体格から基礎体力から何もかも違うというのに、クロードは加えて獣並みの精力を持っているので、交接において悠生の身にかかる負担はけっこうなものだ。それが発情期ともなれば、言わずもがな。

それが合成獣《キメラ》の特性だと頭ではわかっていても、昼も夜もなく、ひたすら熱烈に求められる日々が悠生の体力を削ったのは確かだ。たとえ外でもまるで発作《ほっさ》のように欲情を滾《たぎ》らせるので、思いもしない場所で経験してしまったことも数知れず。そんなときに悠生の能力はかなり役立ったのだが。

（恥ずかしかったんだからね、本当に……）

自身の能力『闇使い《ダークネス》』でいくら周囲を暗闇で埋めても、声までは隠しきれない。見えはせずとも何をしているかは、通りがかった者ならすぐに気づいただろう。

キメラのヒートは周期も不安定で一度くると長くなりがちだと聞いてはいたが、久しぶりだったからなのか、クロードの発情期はゆうに一ヵ月以上続いた。そんな愛欲に充《み》ちた日々を悠生がどうにか乗り越えられたのは、ひとえに自身がヴァンパイアだったからだ。ヴァンパイア特有の持久力の高さがなければ、精力のままに突き進むクロードの相手なんてできやしなかっただろう。そういう意味でも理想的なカップルだと、磯崎《いそざき》が前に言っていたのを思い出す。

——もっとも、クロードばかりを悪者にはできない。最終的に許してしまうのは自分なのだから。本気で嫌がればやめてくれるのを知りつつ、そうはしなかった自分も同罪みたいなものだ。

(好きだから)

求められれば応じたいと、つい思ってしまうのだ。

それに自分よりも遥《はる》かに年上で、こんなにも大人びてカッコイイ彼が悠生の一挙一動に振り回されている姿は、庇護欲《ひごよく》や母性本能をくすぐるものがある。

「……けっきょくは、僕が甘やかしてるんだよね」

「悠生？」

「でも、いまはだめ。夜になったら——ね」

子供に言い聞かせるように声音《こわね》を和《やわ》らげると、ようやくクロードが腕を解いてくれた。すぐにベッドを下りて制服に着替え、朝食の支度にかかろうとするも、見れば窓辺のテーブルはすでにセッティング済みだ。ベッドを振り返ると、クロードが恐ろしく絵になる様で片目を瞑《つむ》ってみせた。

「今朝は俺の番だよ。ジャムはミルクとフルーツ、どっちがいい？」

「えっと、フルーツ」

了解、と応じたクロードが軽い足取りでキッチンに立つ。裸のままでウロウロするのはだめ、と以前言ったからだろう。腰にシーツを巻いただけの姿で、クロードが朝の給仕《きゅうじ》に勤《いそ》しむ。そんな姿すらまるでモデルのように映《は》えて、悠生はテーブルに頬杖をつきながらうっとりと見惚《みほ》れた。

クロワッサンにカフェオレ、フルーツにヨーグルト、コンフィチュールにはちみつ、朝の光で充たされた窓辺にフランス式の朝食があっという間に並べられる。

ともに食卓に着いたところで、クロードが眉《まゆ》を曇らせながら小さくぼやいた。

「朝食は腕が揮《ふる》えなくてつまらないな……」

「そんなことないよ。ジャムは君のお手製でしょ？」

「ああ。ルバーブとフランボワーズのは新作だ。悠生の好きな洋ナシとレモンもある」

食事は当番制にしてあるものの、料理の腕はクロードの方が上だ。悠生も母に鍛《きた》えられたのでそれなりに自信はあるのだが、キッチンに立つ回数は圧倒的にクロードの方が多かった。その分、ほかの家事を頑張っているつもりなのだが、クロードの有能さは多岐《たき》に亘《わた》るので悠生の活躍の幅はそう広くない。それを口にすると「ベッドでの悠生がどれほど有能か」を真剣に語られるのであまり話題には上げないものの、ちょっと気にしている点ではある。

でもそんな憂鬱《ゆううつ》も、美味《おい》しい朝食がすぐに吹き飛ばしてくれる。カーテンを揺らすそよ風に頰を撫でられながら、悠生はジャムの絶妙な甘みに酔い痴《し》れた。

「ところで、あいつとはいつ絶縁するんだ」

クロードの声音が、ほんの少しだけ険を孕《はら》んだ。「あいつ」が誰を指すかは明白だ。

「鴻上《こうかみ》くんのこと？　しないよ、彼は大事な友達なんだから」

『あれがか？　納得いかないな。あんな頼りない、偽善者面の優男《やさおとこ》のどこがいい』

「フランス語で言ってもわかるからね、悪口」

毎朝のようにくり返す会話に苦笑しながら、カフェオレボウルに手を伸ばす。出会いのせいか、クロードはいまだに彼のことを目の敵にしている節があった。でもそんなふうに警戒を募らせるのも、自分を想ってくれているからだと思うとクロードの嫉妬《しっと》がくすぐったくもあって。

（ちょっと、嬉《うれ》しかったりもするんだよね）

無造作に飾られた野花の入ったグラスが、朝陽《あさひ》を屈折させて卓上にいくつものプリズムを躍らせる。こんな何気ない何もかもが幸せだと、思わない日はない。きっと、はじまりがはじまりだったから余《よ》計《けい》にそう思ってしまうのだろう。クロードと出会い、互いに心を通わせ、こんなふうに穏やかな時間を二人で持てるまでの道程は、思い返せば険しいものだったから。でもクロードと結ばれてからの日々は、順風満帆そのものだった。

陽光のプリズムが、左手の薬指でさらに小さく乱反射する。

華奢《きゃしゃ》でシンプルな軸を少し回すだけで、その輝きはさらに増して目に沁みるようだった。こうして指先で弄《いじ》るのが、ここ一週間ですっかり癖《くせ》になっていた。心配性のクロードによって渡されたそれは、悠生がすでに『自分のモノ』であるとひと目でわかるように、という当面の目印にすぎないらしいのだが、いつかきちんと交換しようと言い添えてもらえたのが本当に嬉しくて。

（こんなに幸せでいいのかなって、思うくらい）

クロードとすごす日々の何もかもが、悠生にとっては宝物のようだった。

ただひとつ、強《し》いて挙げるならば——。

クロワッサンをひと口で平らげたクロードが、ふと思い出したようにまた口を開く。

「そういえば、リュカがよく遊びにくるらしいな」

「あ、うん。けっこう顔出してくれるね」

クロードと同じく、キメラであるリュカの存在が悩みの種であると言えば言えなくもない。

黒豹と魔族を掛け合わせて造られたクロードと違い、リュカは狼と魔族とが掛け合わされた種族になるらしい。彼には双子の兄がいて、それぞれに「金狼《きんろう》」「銀狼《ぎんろう》」との呼称を持っていた。兄は鮮やかな金髪を、そして弟であるリュカは見事な銀髪の持ち主だった。

聞くところによるとどちらも扱いづらいタイプで、兄に至ってはすぐにアカデミーを飛び出そうとするので、担当官たちはずいぶん泣かされているらしい。磯崎《いそざき》が担当するリュカの方は比較的大人しいものの、気難しさでは全キメラの中でもトップを誇る存在なのだという。

そんなリュカが唯一心を開いているのが、同じフランス系に属するクロードだった。兄のように慕い、懐《なつ》いていたクロードを、急に現れて横から奪っていった悪しき存在。

(僕のことは、そんなふうに思ってるんだろうな)

まるでその腹いせのように悠生に対するリュカの風あたりは強く、最初は戸惑《とまど》ったものだ。

少々子供じみてはいるものの、口の立つ彼にわーっとまくし立てられると悠生は目を白黒させるしかなかった。しかも正論で、耳に痛いところばかりを突いてくるのでろくに反論もできず……。

リュカが訪ねてくると決まってそうなるので、当初はかなり困惑したものだが最近ではそれにもだいぶ慣れてきた。悠生の作る料理には必ずケチをつけるが、お茶だけは残さず平らげてくれるのでそこはどうも気に入ってくれているらしい。

ちなみにクロードの前では完璧に猫を被るので、彼はこの事実を知らない。

（言う気もないけど、ね）

興味のない相手は視界にも入れないという触れ込みなので、もしかしたらこれは彼なりのコミュニケーションの図《はか》り方なのかもしれない——。そう思ってからは、リュカの訪問も少しだけ楽しみになっている今日この頃である。

「あ」

噂《うわさ》をすれば、だ。庭の隅に銀色の反射を見た気がして、悠生は思わず目を凝《こ》らした。

「悠生？」

「ちょっと、外見てくるね」

席を立って、小屋の入口へと向かう。研究所方面へと消えていったあの影は恐らく——。そんな予測を裏切ることなく、小屋を出たところにぽつんと置かれていたバスケットを手に中へ戻ると、悠生はクロードへとそれを差し出した。

「リュカくんから、君へ」

添えられていたカードには、フランス語で「愛を込めて」とある。シンプルなカードと一緒に入っていたのは、小さな青い薬瓶《くすりびん》だった。

「ああ。こないだ言っていた、回復薬だな」

聞けば先日会った折に、そんな話をしたのだという。ヒートの間、少しだけ疎《おろそ》かになってしまった庭仕事にクロードはこのところ精を出しているのだが、そのせいか少し疲れやすいと口にしたクロードのために、わざわざ回復系の秘薬を作ってきてくれたらしい。

「そんなの作れるなんて、すごいね」

「ちょっと抜けてるところはあるが、基本的に器用だからな。あいつ」

そう言って笑うクロードの表情は、陽だまりのような温《ぬく》もりに充ちていた。クロードにとっても、リュカは可愛い弟分なんだということがよくわかる。その絆《きずな》にほんのちょっとだけ妬《や》いてから、悠生は朝食を終えると立ち上がった。食器は片さなくていいというクロードの言葉に甘えて、まだ食卓に着いたままの恋人の頬に「いってきます」のキスを贈る。

同じように返してくれた唇の温もりに、ふと数ヵ月前の記憶が脳裏をよぎった。アカデミーにきてすぐの頃、誰にも馴染めず膝を抱えていた自分にそっとより添ってくれた温かな体を思い出す。

『気をつけて、最愛の人――』

そうして蕩けるような笑顔に見送られながら学院に向かった悠生が、ただならぬ暗雲の気配を知るのは数時間後――。

陽もほとんど沈みかけた、放課後になってからのことだった。


夜の食事当番は自分なので、悠生は授業が終わるなり研究員たち御用達のマルシェにいって夕飯の材料を買い込んだ。基本的に寮で食事が出るアカデミー生には縁のないところなので、最初こそ制服姿で買い物にくる悠生に好奇の視線が注がれたものの、いまではすっかり馴染みになり、卵をオマケしてもらえるまでになった。

（今日の夕飯は親子丼にしようかな）

洋食ではとてもじゃないがシェフの腕に敵わないので、最近は自分のホームグラウンドである和食ばかりを作っている悠生である。とはいえクロードは気に入ってくれているようなので、できればもっといろんな郷土料理を知ってもらいたいという気持ちもかなり強い。

「ただいま、クロード」

先月取りよせてもらったダシの残量を案じながら、悠生はいつものように小屋に帰りついた。

（あれ）

普段のような応対がなく、なんだか冷え冷えとした空気を感じて首を捻《ひね》る。

見回すと、いつもならキスと抱擁《ほうよう》で出迎えてくれるはずのクロードがいまはソファーに腰かけたまま、なぜか微動だにしない。

「クロード……？」

俯《うつむ》きかげんの表情を窺いながら、一歩進む。

誰かとケンカして、機嫌でも悪いのだろうか。だがそれにしても、目の前にいるクロードの纏《まと》う雰囲気はどこか硬く、よそよそしかった。

『――誰だ、おまえ』

ややしてかけられた声も、まるで別人のように冷たい響きに充ちている。

（え……？）

鋭い眼差しに、不機嫌さを示す眉間のシワ。見知らぬ他人を見るかのような冷めた眼差しに、悠生は言葉を失うしかなかった。

勝手に入ってきやがって何のつもりだ、と早口のフランス語でさらに吐き捨てられて、今度は身が竦《すく》む。その拍子に落としてしまった買い物袋の中で、ガシャ……と卵の割れる音が聞こえた。

（え、何だろう、これ……）

冗談にしてはあまりに悪趣味で、とてもじゃないが笑えやしない。

何が起きたのかわからないまま扉口で立ち尽くしていると、今度は射るような眼差しにきつく穿《うが》たれた。続いて『出ていけ』と命じられる。

こんなクロードを見るのは初めてだった。

『どうしたの……なんで、そんなこと言うの……？』

拙《つたな》いフランス語でそう訊《たず》ねるも、クロードに聞く気はないようだった。

出ていけと言われても、悠生にいくところなどない。ここが家《ホーム》だというのに。

クロードの眼差しはどこまでも冷ややかで、誰のことも容《い》れようとしない頑《かたく》なさに充ちていた。纏う空気は冷めているものの、瞳の奥にはいまにも破裂しそうな激情が揺れている。

『クロード……』

『俺はおまえなんか知らない。勝手に上がり込むな』

『勝手に……？　何を言ってるの、僕だよ。今朝だって、君と二人でここで……』

『今朝？　ふざけるな。俺はこの家に人を入れたことなんかない』

（入れたことなんかないって……）

にべもない態度のクロードに、悠生は呆然《ぼうぜん》とするしかなかった。

立ち去らない悠生にやがて苛立《いらだ》ったのか、クロードが忌々《いまいま》しげな舌打ちとともに立ち上がる。近づいてくるなり、実力行使で小屋の外へと放り出された。

「えっ、あ……っ」

悠生が転んで制服を汚そうが、顔色ひとつ変えずにそれを見やるとクロードは『二度とくるな』と憤りを押し殺すような声音で凄んだ。直後に、壊れんばかりの勢いで扉が閉ざされる。

「クロード……？」

硬い土に膝をついたまま、悠生は自身のかすれきった声を聞いた。

声も、姿も、何もかも――。あれは紛れもなくクロードだと自信を持って言えるが、少なくとも悠生の知っているクロードではない。

「じゃあ、いったい……」

何が起きているのか見当もつかないまま、悠生は閉ざされた扉を見つめるしかなかった。

クロードは、今朝のことを覚えていなかった。いやそれどころか、悠生のことまで忘れているようだった。まるで他人を見るようだったあの冷たい眼差しが、目に焼きついて離れない。

（どうして……）

衝撃のあまり痛覚も鈍《にぶ》っていたのか、ややしてスラックスの膝が赤く染まっていることに気づく。

「……あ」

その痛みに触発されるように、あの日もこんなふうに膝を擦《す》りむいてクロードに心配されたことを思い出す。言葉よりも先に心の通じ合ったあの日のことも、いまのクロードは何ひとつ覚えていないのだろうか。

（とにかく、ここで座り込んでても何も変わらない）

気持ちを切り替えて立ち上がると、悠生は制服についた土汚れを払った。

自分がいない数時間の間に、いったい何があったのだろうか。何か変わったことがなかったか、必死に記憶をたぐりよせるもまるで見当がつかない。ただ、ひとつだけ。

「そういえば――」

ちらりと見えたダイニングテーブルに、青い薬瓶が転がっていたのを思い出す。リュカが差し入れてくれた、あの回復薬だ。封は開いていたので、中身は飲み干されたあとだろう。

もしかしたら――。思いあたる節《ふし》なんて、それくらいしかなかった。

心あたりの番号にいくつか連絡してから、悠生はそのまま庭に留《とど》まった。すでに辺《あた》りは薄闇に閉ざされつつある。それを裂くように木立の向こうからランタンの灯し火が近づいてきたのは、悠生が締め出されてから半刻《はんとき》後のことだった。ランタンの灯《ひ》はふたつ。先導していたそのうちのひとつが、悠生の姿を認めるなり小走りになる。

「篠原くんっ」

元ルームメイトであり、いまはよき友人でいてくれる鴻上祐一《ゆういち》の姿に、悠生はにわかに安堵《あんど》を覚えて涙ぐんだ。その後ろには磯崎の姿もある。

零れそうになった涙を上を向いて堪《こら》えてから、悠生も二人に駆けよった。

あれから半日が経過して、事の次第はおおむねが明らかになった。

研究所の調査によると、あの青い瓶に入っていたのは疲労を癒《い》やす「回復薬」ではなく、記憶を損なう「忘れ薬」だったのだという。それも、愛する人の記憶だけがぽっかりと抜け落ちる効能なのだと聞かされたときは、いまにも膝から崩れそうになったが――。

「と言っても、効果は一時的なものだから。記憶はいずれ戻るよ」

報告書に目を通しながらの磯崎の言葉に、悠生は嘆息《たんそく》とともに肩の力を抜いた。

「よかった……」

「ただし、それまでにかかる期間は服用した本人の想いの『度合い』によって変わるんだと。まあ早ければ一ヵ月、遅いと年単位なんてこともあるが……」

そこで言葉を切った磯崎に思わず息を呑《の》むと、磯崎が笑いながら悠生の肩を叩いてきた。

「そう心配しなさんな。ノワールのことだ、最短コースだろう。ただ、それまではあそこに帰すわけにいかねーからな、またこの部屋で暮らしてもらうことになる。そっちも異存はねーな？」

「もちろん。僕は大歓迎だよ」

ベッドに並んで腰かけながら一緒に話を聞いていた祐一が、笑顔で腕を開いてみせる。悠生の退寮後、祐一のルームメイトがまだ決まっていなかったのはこの際幸いだった。

「ありがとう。――少しの間、よろしくね」

最小限の荷物を手に深々と頭を下げると、「水くさいよ」と軽く肩を小突かれる。シーツの上には、あらかじめ祐一が用意してくれた着替えや日用品も並べられていた。

「足りないものがあったら言ってね」

「ううん、充分だよ」

「悪いな。君の荷物、ほとんど持ち出せなくて」

そう言う磯崎の頬や腕には、大きな絆創膏《ばんそうこう》が貼られている。聞けば悠生の私物を取りにいった際に、クロードとひと悶着《もんちゃく》あったらしい。

「いえ。……こちらこそ申し訳ないです」

庭仕事で不在にしている隙《すき》をついて小屋まで出向いてくれたらしいのだが、すぐにバレて手ひどく追い払われたのだという。クロードが負わせた怪我に責任を感じていると、心を読んだ磯崎が「あー、罪悪感とかいらねーから」と、軽い調子で肩を竦めてみせた。

「ノワールが粗暴《そぼう》なのなんて、いまにはじまった話じゃねーし？　君と出会ってからはかなり丸くなってたからな、俺もちょっと油断しちまった」

そう言って笑った口元が、ややして少しだけ口角を引き下げる。

「あいつ、ホントに君のこと忘れちまったんだな。ノワールの心からは失意と、憤りしか感じられなかったよ。母さんを失った悲しみに、いまも深く沈んでた」

（クロード……）

反射的に唇を噛《か》み締めると、磯崎が失言を悔いるように「悪い」と片手で拝んでみせた。

「まあ、元に戻るのは時間の問題だし、君がいま心を痛めても仕方ない話だからさ。ただ、以前のあいつに戻ってるんだとしたら、あんまりノワールには近づかない方がいい」

「危険、だからですか」

「ああ。率直に言うとそうなるね」

君に出会って恋に落ちるまでのあいつは本当にひどかったから、と真顔でつけ加えられた注釈に、悠生はひとまず頷《うなず》くことしかできなかった。

『――で、おまえはどういうつもりで「あんなもの」を作ったんだ？』

流暢なフランス語の調べとともに、扉を背に退路を塞《ふさ》いでいた磯崎の視線がおもむろに部屋の隅へと投げかけられる。窓の下で蹲《うずくま》るようにして膝を抱えているのは、先ほど引きずられるようにしてこの部屋に連行されてきた銀髪の少年だった。

無言のまま床を見つめるリュカに、磯崎が今度は詰問《きつもん》口調で真偽を質《ただ》す。

『疲労回復薬だと、わざと偽《いつわ》って忘れ薬を飲ませたのか』

リュカが口を開く気配はない。聞けば、事情聴取で呼ばれた昨日の夜からずっとだんまりを続けているのだという。人見知りで排他的なリュカの思考はガードが固く、磯崎の能力をもってしても読むのはかなり難しいらしい。リュカの悠生に対する言動は担当官も知るところだったので、磯崎の声はあくまでも硬く、冷ややかだった。

『無言は肯定と受け取るぞ』

『――……っ』

脅《おど》しめいた磯崎の言葉に、わずかだが華奢な肩が揺れる。

（あ……）

不安げに持ち上がった視線が、一瞬だけ自分に向けられたのを悠生は見逃さなかった。

キメラの際《きわ》だった特徴のひとつでもある、恐ろしく整った相貌《そうぼう》に浮かんでいたのは、怯《おび》えと後悔の念だった。よく見れば膝を抱える指先も、かすかだが震えている。経緯はわからないが、彼もまた動揺の渦中にいるのを察するには充分だった。

すぐに伏せられた面《おもて》からは、もう何も窺えなかったが、

「磯崎さん、もういいですから」

なおも追及を続けようとする磯崎に、悠生は強めの発声で呼びかけた。

「だが……」

「いずれ、元通りになるんですし」

その事実を知れただけでも、心はかなり軽くなっていた。

（それに――）

自分と出会うまでのクロードがどんなふうに倦《う》み荒《すさ》んでいたか、目《ま》のあたりにできたのは悠生にとっては得難い経験にもなった。これまでも悠生以外に対しては手荒い行動に出ることはあったものの、あんなふうに何もかもを否定するような眼差しを見たのは初めてだった。

「――君がそう言うんなら、ひとまずはお開きにするか」

担当官としてはこの場で白黒はっきりさせておきたかったのだろうが、当事者である悠生の意向を汲んでくれたのだろう、磯崎はそれ以上の詮索《せんさく》はせずに謹慎を言いつけるだけに留めた。

「現状と今後の見通しについては、さっき言ったとおりだ。くり返しになるが、俺らにできることは何もない。下手に刺激しないように」

最後の言葉は恐らく、悠生に対する釘刺しだろう。用済みになった報告書をファイルに戻しながらの念を押すような一瞥《いちべつ》に頷いてみせると、磯崎はしばし探るように片目を眇《すが》めてみせた。

「それで、ノワールの担当官にはどう説明したんですか」

祐一の問いかけがあと少しでも遅かったら、内心を見透かした磯崎に悠生はまた一から説教されていたことだろう。いまのノワールに近づくのが、どれだけ危険なことか。

「あいつらにも話は通してある。たいして興味はないみたいだったけどな。——とにかく」

「ノワールとは距離を取ること、ですね」

祐一に言葉を継がれた磯崎が、苦笑しながら肩を竦めてみせる。

「そーいうこと。じゃ帰るぞ、リュカ」

けっきょく最後まで口を開こうとしなかったリュカの首根っこを乱暴に引っつかむと、磯崎は足早に出口へと向かった。

「いろいろとありがとうございました」

その背中に、自分一人では何もできなかったろう不甲斐《ふがい》なさを噛み締めながら頭を下げると、磯崎はおどけた仕草で「まあ、俺にも落ち度はあるから」とリュカを示して笑ってみせた。

「監督不行き届きってね」

それに反論するかのようにリュカが無言で磯崎の足を蹴り飛ばすのが、閉まりかけた扉の向こうに見えた。それに対する磯崎の小言《こごと》が次第に遠ざかっていく。

「――一人じゃないからね」

祐一にも柔らかな仕草で肩を叩かれて、悠生は笑顔で小さく頷いた。

「うん、ありがとう」

自分にはこんなに親身になってくれる人たちがいる。そのありがたさが身に沁みるとともに、脳裏にこびりついて離れないのは、クロードの凍てついた眼差しだった。

(ずっと、あんな目をしてたんだね)

悲しみと憤りだけに充ちた彼の姿を思い出すたびに、胸の奥が軋《きし》むように痛む。言うなればいまのクロードは過去の幻影のようなもの、だから気にするなと磯崎は言うけれど――。

悠生はある決意を胸に、強く唇を噛み締めた。

『いったい、何なんだ……』

そう吐き捨てるのも、これで何度目になることか。

あの日、勝手に小屋に入り込んできたチビが、なぜか連日クロードの家を訪ねてくるのだ。今日も今日とてやってきた『貧弱でひ弱そうなチビ』を午前中に手ひどく追いやったばかりだというのに、夕方になって気づけば庭の隅をうろついている有様だ。

(頭が悪いのかもしれない)

この数日、チビを見ていてのクロードの感想はそれだった。たいがいの者は軽く凄《すご》むだけでも迫力負けして二度とこの庭に踏み込まないというのに、このチビときたらまるで懲《こ》りずに何度でも足を運んでくるのだ。それだけならまだしも、チビは覚束《おぼつか》ないフランス語で自分とコミュニケーションを取ろうとしてくる。──それが無性に苛立たしかった。

けれど、どれだけ邪険に扱おうとも無視しようとも、チビに諦《あきら》める気配はなかった。

磯崎によると、自分はこのチビの存在を忘れているらしいのだが。

(こんなのがいたところで、何が変わるっていうんだ?)

むしろチビの存在は、クロードの精神を逆撫《さかな》でするものでしかなかった。

初日の脅しだけは効いたのか勝手に小屋に入ることこそないものの、正直庭をうろつかれるだけでも神経に障《さわ》るのだ。この庭は自分にとっては聖域にほかならない。エリカの慈《いつく》しんだこの庭を守ることだけが、いまの自分に残された唯一の使命であり、生きる意味だというのに。

その聖域に無闇に立ち入り、一方的なコミュニケーションを試みるチビの存在はクロードにとっては排《はい》すべきイレギュラーであり、滅するべき邪魔者だった。けれど追い払っても追い払っても、チビは何度でも戻ってくるのだ。それこそ、こちらが根負けしそうになるほどに――。

(それに……)

昼すぎから広がった厚い雲から、サラサラと小雨が降りはじめる。薔薇《ゼフィリーヌ》のアーチの下で膝を抱えていたチビが、ケープのフードを被ってそれを凌ぐのが窓枠の隅にちらりと見えた。昨日も同じようにして降りはじめた雨を、チビは同様に耐えていた。そのせいだろう、チビは朝から小さな咳《せき》をするようになっていた。いったい何が、あの小柄な体にそうまでさせるのか。

(俺にはわからない――)

それがいちばんの苛立ちであることを自覚したのは、つい今朝のことだった。風邪の片鱗《へんりん》を窺わせる咳で薄い胸を喘《あえ》がせながらも、チビは『あなたに』と朝取りのリンゴを持って現れた。病人の持ってきたリンゴなど食べたくもないと言ったら、チビは『もっともだね』と笑ってみせた。続けて、庭で死なれると迷惑だから遠くへいけと吐き捨てると、チビはまたしても笑ってみせたのだ。

もっともだね、とそうくり返しながら。

自身の言動が心ないことは、クロードもよく自覚するところだ。自分の持てる優しさはすべてエリカに捧げてしまったから。この先誰かに優しくする予定なんてないし、必要があるとも思わなかった。

だからチビには何度となく言葉の刃《やいば》を向けてきたし、そのことに後悔はしていない。だが。

いつだって傷ついた顔をするくせに、最後には必ず笑ってみせるチビに今朝は無性に腹が立った。奪ったリンゴを庭の隅に投げてから、小屋の戸を閉ざした。きっとそのリンゴを見つけ出したのだろう、チビがケープの裾で磨《みが》いた赤い実を大切そうに胸に抱えている。

『――くそっ』

気づけば小屋を飛び出して、細い腕をつかみ引きずっている自分がいた。戸惑ったように声を上げるチビを、半《なか》ば強引に小屋へと連れ込んで濡れたケープを剝《は》ぎ取る。

『庭で死なれるのは迷惑だと言った』

代わりにバスタオルを被せると、ややしてチビが「Merci《ありがとう》」と小さな声で礼を言った。それだけならまだしも「c'est gentil」と続けられて、思わず苦い顔になってしまう。『優しいんだね』なんて言われるのは心外でもあるし、この期《ご》に及んでそんなことを言うチビにまたも腹が立つ。

チビ自身もこの状況にはまだ少し戸惑っているのか、のろのろとした仕草で濡れた髪や衣服を拭《ぬぐ》うと、ようやくタオルの隙間からひょこりと顔を出した。

円《つぶ》らで黒目がちな瞳が、躊躇《ためら》いがちにこちらの表情を窺ってくる。目が合うとわずかだけ肩を上下させてから、それでも逸《そ》らさずにじっと見つめ返してくる。

(この視線もだ)

うっすらと熱を孕んだような、この物言いたげな眼差しもまたクロードの神経に障るものだった。

言いたいことがあれば言えばいいものを、チビは肝心なことはいつも口にしないのだ。

『ごはん、ちゃんと食べてますか』

そんな些細《ささい》なことをたどたどしいフランス語で訊ねては、またじっと見つめてくる。おまえには関係ないと言いかけたところで、きれいに磨かれたリンゴを差し出された。ケープで丹念に拭われたからか、つやつやとした光沢が赤い丸みを覆っている。朝見たときよりもいくぶん食欲をそそられて、クロードは無言でそれを受け取るとその場でガブリと齧《かじ》りついた。

『もう、用は済んだろ』

なら帰れとばかり顎で出口を示すと、チビがなぜかふわりと顔を綻《ほころ》ばせる。これまでに見たことのなかった柔らかな笑みに、一瞬目の前で花が咲いたような錯覚を覚える。

（……なんだ？）

不可解な感覚に眉を顰《ひそ》めていると、チビは深く一礼してから畳んだバスタオルをダイニングの椅子《いす》の背にかけた。それから濡れたケープをまた羽織って、フードを被る。雨足はさっきよりも強くなっていた。再度深々と一礼してから踵《きびす》を返したケープに『待てよ』と手をかける。

この小屋に一本しかない傘《かさ》を引っ張り出して投げるように渡すと、チビは一瞬だけ目を丸くしてから数分前とまったく同じことを言った。

（優しくしてるつもりなんてない）

むしろ、つらく当たっている自覚しかない。なのにチビは『優しいんだね』と微笑《ほほえ》んでみせる。そのギャップに顔を渋くさせながら、クロードはそっぽを向いてチビが出ていくのを待った。

扉が閉じられる音、少し遅れて傘を開く音。そのどちらの余韻《よいん》も雨音が完全に掻き消してから、ようやく窓に目をやる。雨天時の作業にはほとんどの場合、レインコートを用いる。傘なんてほとんど使わないので、チビの開いた傘が歪《ゆが》んでいるのを見て、クロードは小さく舌打ちした。

覚えている限り、自分があの傘を使ったのなんて数年前の話だ。よく考えればそれ以前から骨の曲がっていたポンコツを、チビはひどく大事そうに両手で支え持っている。

『いったい、何なんだ……』

その姿から意識して目を離すと、クロードはもう一度リンゴに齧りついた。

翌日の朝――。いつもならチビがやってくる時間になっても、今朝は誰の訪《おとな》いもなかった。このところ毎朝のように押しかけられていたので少々肩透かし気分を味わうも、クロードは同時に安堵も覚えていた。昨日の今日でどんな顔をすればいいのか、少なからず考えあぐねていたからだ。

優しくした覚えなんてない。けれど小屋に連れ込み、リンゴを受け取り、あまつさえ傘を貸した事実は事実だ。ひょっとしたらそれをポジティヴに受け止めたチビに、さらに纏わりつかれる危惧《きぐ》さえしていたというのに……。安堵の中に一抹《いちまつ》の寂しさが交じっていることを認めたくなくて、クロードはそれを振りきるように夕方まで庭仕事に精を出した。

その後、肥料の買いつけでマルシェまで足を延ばしたので、クロードが小屋に帰りついたのは日没からだいぶ経ってからだった。灯りの落ちた小屋の近くまできたところで、すぐに異変に気づく。

軒下にも入らず、小屋の壁を背に座り込んでいる細身のシルエットがあった。大きな傘を腕に抱えるようにして蹲る影に、自分でも知らぬ間に歩を早めていた。

抱えていた肥料の袋を足元に落としても、チビは気づきもせずに目を瞑っていた。風邪が悪化し、昏睡《こんすい》しているのかと思うも、その呼吸はあくまでも穏やかで発熱といった兆候も見られない。どうやら単純に眠りこけているだけのようだ。知らず詰めていた息を解放すると、クロードは小さく舌打ちしてから膝を折った。自然と近くなった視線が、昨日とは大きく違う異変に吸いよせられる。

（絆創膏……？）

傘を抱え持つ指先には、なぜか何枚もの絆創膏が貼られていた。次いで、畳まれた傘の布地にも小さな変化を見つける。いつの間にか虫に食われてできたらしい綻びを、不器用ながらも丁寧に繕《つくろ》った跡が窺えた。縁《ふち》から骨が飛び出した箇所には、チビとお揃いの絆創膏が貼られている。

慣れない裁縫《さいほう》によほど集中したのか、疲れきって眠っているらしい横顔にクロードは無言で目を留めた。その頬にはうっすらとだが、涙の跡がある。

ややして、チビの唇が小さく動いた。

『……っ』

吐息交じりのかすれ声が、不意打ちでクロードの名前を呼ぶ。

途端に、名状しがたい何かが胸に吹き荒れて、クロードは顔を歪めるなり立ち上がった。そのまま立ち去ろうとするも、しかし。

『――――』

けっきょく一歩すら動けずに、またその場に膝をつく。腕から抜いた傘を軒下《のきした》に立てかけると、クロードは力ない痩身《そうしん》を両腕に抱えた。眠りを妨《さまた》げないよう、ゆったりとした足取りで小屋に入る。

（なんて、小さな体だ）

身長が低いだけではない、全身を作るあまりに華奢な骨組みに指が震えそうになる。細く柔らかな肢体《したい》をソファーに横たえると、クロードは肩を落として肘掛けに腰かけた。

チビを見るたびに募《つの》る苛立ち、それは決まって焦燥《しょうそう》に変わり、やがて度しがたい空虚になる。もう取り返しがつかないのではないかという正体不明の焦《あせ》りと、大事な何かが抜け落ちてしまったような底のない空疎感、その両方に追い詰められた結果――。

何度この体を突き飛ばし、撥《は》ねつけたことか。心ない言葉で傷つけたこの数日の記憶が、瑕疵《かし》となって今度はクロードの意識を蝕《むしば》み、傷つける。その痛みに顔を顰《しか》めながら、クロードは白い頬に残る涙の筋を指先で拭った。吸いつくような肌の感触に、なぜかひどく胸が締めつけられる。

理解不能な痛みと切なさに、クロードは長い間途方に暮れた。

『……これ』

いまだ目覚める気配のないチビの指に、ふと絆創膏以外のものを見つけてクロードは知らず表情を曇らせていた。

左手の薬指に嵌《は》まったそれに、なぜか一瞬、強い既視感を覚えたのだが――。

考えるほどに思考にモヤがかかって、息苦しささえ込み上げてくる。

(まただ)

『いったい、何だっていうんだ……』

モヤを振りきるように首を振ると、クロードはソファーから離れて小屋をあとにした。

夏間近とはいえ、この辺りの夜はまだ冷え込む。ひんやりとした外気を吸い込みながら、クロード

は夜の庭を徘徊《はいかい》することでしばらく時間を潰した。次に戻ったとき、消えていればいいと思ったチビは戸惑ったようにソファーで膝を抱えていた。

目が合うなり言いかけた言葉を、チビが思い直したように呑み込んでしまう。

(なぜ、言いたいことを言わない……っ)

その挙動に腹が立って、荒い動作で扉を閉めるとチビがびくりと両肩を震わせた。すぐに後悔が込み上げてきて苦さを味わうも、うまく繕えず、重い空気の中で立ち尽くすはめになる。

『……あなたは、一人じゃない、から』

前にも何度か聞かされたフレーズを、チビがおずおずといった態《てい》で口にした。

(そうじゃないだろう?)

チビが本当に口にしたいことは別にあるはずだ。なのに、こいつはそれを言わない。言わずに、こちらを気遣《きづか》うようなことばかり口にするのだ。

『俺が一人だろうと、おまえには関係ない。口出しするな』

苛立ちをそのまま声にすると、チビは一度だけ目を伏せてから『そうだね』と儚《はかな》く笑ってみせた。

言葉とともに持ち上がった視線に、強がりや虚勢の色はない。

『あなたは、強い人だから。――でも』

真っ直ぐで無垢《むく》な瞳が、じっとこちらを見据《みす》えている。

『でも?』

促《うなが》すと、意を決したようにチビが続きを口にする。だがそれはクロードにはわからない言語だった。

（ようやく口にしたかと思えば、これだ……）

語彙《ごい》の少ないフランス語では言い表せないと踏んだのだろうが、ひたむきな眼差しでどんなに言葉を綴《つづ》られようとも、自分には何ひとつ理解できない。それがわかっているからか、チビの眼差しも次第に哀切を帯びていく。

『――もういい。出ていけ』

冷たく言い放って出口を指すと、チビはのろのろとソファーから立ち上がった。『家に入れてくれてありがとう』と拙い発音で綴ってから、小さく一礼する。けっして早くない歩みで目の前を通りすぎようとしていたチビが、ふいに。

「――……っ」

なぜかこちらを振り返った。

『え……？』

ほぼ同時に発した疑問符が重なる。いまにも小屋を出ようとしていたチビの手首に、気づけば自分の指が絡《から》んでいた。まるで引き止めるような仕草に困惑したのは、チビばかりではない。

（何、なんだ）

指の拘束を自身では解けず、クロードはしばし固まったように己の手を見つめるしかなかった。戸惑いで揺れていたチビの眼差しが、やや してこちらを気遣うような色合いになる。

「クロード……？」

意識のあるチビに名前を呼ばれるのは、これが初めてだった。

『――……』

何か得体の知れない感情が込み上げてきそうになる。

同時に、それを掻き消すような勢いで脳内にあのモヤが充満していく。息苦しさと眩暈《めまい》を覚えて、クロードは一刻も早く目の前にいるチビを追い出そうと考えた。つかんでいた手に、咄嗟《とっさ》にポケットにあった物を握らせてからその背を押し出す。

「え、あ……っ」

チビに何か言わせる間もなく扉を閉めると、クロードはその場に蹲って耳鳴りに堪《た》えた。

甲高い電子音のような響きの合間に、ふと覚えのない情景や笑顔のフラッシュバックが入り交じる。

だがどれも肝心なところがモヤで塗り潰されていて、識別することは叶わなかった。

（いったい、何なんだ……）

やがて何もかもが濃霧《のうむ》の向こうに消えてしまうまで、クロードはその場に蹲り続けた。そうして最後に残ったのはなぜか、一度だけ見たことのあるチビのささやかな笑顔だった。

Ⅲ【trois】

けっきょく忠告には一度も従わないまま、悠生は何度目かの朝を迎えていた。

連日の奥庭通いについて二日目までは再三の警告をくり返していた磯崎だったが、いまは渋い顔をしつつも見守る態でいる。恐らくその裏には、祐一の進言もあるのだろう。

(心配、かけちゃってるよね)

クロードの元へ赴《おもむ》くたびに追い返され、突き飛ばされ、手足を擦り剝くのはもはや日常茶飯事になっていた。その傷を見るたびに祐一は表情を翳《かげ》らせるものの、引き止めようとはしなかった。

たとえどんな傷を負おうとも、あの庭に通い続けたい悠生の「意志」を尊重してくれているのだろう。眇めた眼差しに暴力的な言動、剝き出しの敵意を向けられるたびに、悠生はますますその志《こころざし》を固くしていった。クロードの剣幕に、怯みそうになったこともある。すげない言葉の数々に傷つかないわけでもない。それでも、どうしてもクロードのそばにいたかった。

(あんな目をしてるなんて……)

失意や絶望は、たやすく人の息の根を止める。そのギリギリのところで踏み止まり、必要最低限の衣食で暮らすクロードの眼差しは、はてのない孤独に塗り潰されていた。

世界に一人だけ、取り残されてしまったような――。

庭の番人を務めるためだけに留めた命を、クロードはひどくぞんざいに扱っていた。

庭仕事で汚れるからと、これまでも服装にはほとんど気を遣っていなかったけれど、いまはその比ではない。何日着続けたか知れない泥だらけの作業着で夜はそのまま寝入るのだろう、ソファーにもシーツにも泥のシミがついていた。料理だってあれほどの腕を持つというのに、調理の概念すら忘れ去ってしまったように、彼が口にするものはごく最低限の素材ばかりだった。

死なないために食べて眠る、それだけが生活の基盤なのだろう。シンプルながら清潔に整っていた室内も、ほんの数日で驚くほど荒れはてていた。そういった荒廃ぶりは早くも、肌や髪、顔色にまで表れている。目映《まばゆ》いばかりだった瞳も覇気《はき》も、いまは見る影もなかった。

悠生と出会うまでの長い間、彼はこうして生きてきたのだ。

いつかは元に戻ることだからと、見ないフリなんてとてもできなかった。暗く冷たい悲しみの底で孤独とだけ向き合う彼の姿は、永劫《えいごう》に治らない傷口そのものに見えた。

それを癒やせるなんて、思ったわけじゃない。ただ……。

一人じゃない。少しでもそう思って欲しかった。

彼の身を案じる存在が少なからずいるんだと、そう知って欲しかった。

——だが、どう言い繕ったところで所詮《しょせん》は自己満足だ。記憶のないクロードにしたらいい迷惑だろう。だから、すべては自分のわがままだ。何を言われても、されても受け止めようと思った。

（クロードへの思いは変わらないから）

祐一には、苦しい胸中《きょうちゅう》をできるだけ吐き出すよう助言された。溜め込むばかりでは保《も》たないからと、そう心配する祐一に悠生は努めて笑顔を返した。

クロードの心中に比べたら、こんなの何てことないからと。

それに凍《い》てつくようだったクロードの胸のうちにも何がしかの変化があったのか。この数日間でほんの少しだが、彼と交流を持つことができた。思いがけず小屋に入れてもらい、ぶっきらぼうながら世話を焼いてもらった。この期に及んでまでクロードの手を煩《わずら》わせている自分の不甲斐なさに落ち込みもしたけれど、クロード自身も己の挙動にはどこか戸惑っているようだった。

言葉も態度も、邪魔者を疎《うと》ましく見る基本姿勢は変わらないものの、最初の頃に比べたら眼差しもずいぶん和らいできたように思う。

（それに……）

昨夜の別れ際、唐突《とうとつ》に渡されたものはあの小屋の鍵だった。悠生も合鍵は持っているが、いまは寮の部屋で保管している。クロードの記憶が戻るまでは使わないと決めていた。だからこれは、クロードが普段使いしている鍵のはずなのだ。ひとつしかない鍵をなぜ自分に渡したのか、あの場では問えないまま、悠生は翌日を迎えた。

自分が知らないだけで、ほかにも合鍵はあるのかもしれない。だがなかった場合に備えて、悠生は朝早くにクロードの小屋を訪ねた。主《あるじ》は不在で、不用心にも小屋の扉は開いたままだった。恐らくは朝の見回りに出たのだろう。それならほどなく戻ると踏んで、悠生はダイニングテーブルに鍵を載せてすぐに退出した。そのまま学院に赴き、通常どおりの授業を受ける。放課後を無駄に費やすことがないよう、課題《ペーパー》は溜め込まないよう気をつけた。できることなら一日のすべてをクロードのために使いたいくらいなのだが、さすがにそれは磯崎が許さなかった。

学業を怠らないことを条件に庭通いを許す、と新たに言いつけた翌日から磯崎は昼休みになると学院に顔を見せるようになった。

「で、どうよ調子は」

顔を合わせるたびに、悠生はクロードとの間にあったことを包み隠さず話した。それに面白くなさそうに相槌《あいづち》を打ちながら、磯崎は毎度のように溜め息をつく。

「なんか、第二の馴れ初《そ》め聞いてるみてーだな……」

「同感です」

食堂の片隅でテーブルを囲みながら、磯崎と祐一とが神妙な顔で頷いてみせた。

「え？」

「あいつの記憶が戻らなくても、君たちはまた恋仲になるんじゃないか。少なくともあの状態のあいつが、誰かを小屋に入れるとは思わなかったよ。しかも鍵まで渡されたんだろう？」

ノワールの意思は明白じゃないか、と磯崎はどこか疲弊《ひへい》気味に首を振ってみせた。こうなるんなら最初から落ちとけよ……と、小さくぼやきながらもその表情には安堵が見て取れた。

でも、と言いかけた言葉を悠生は食後の紅茶とともに呑み込んだ。

磯崎の結論が正しいのかどうか、悠生には判断がつかない。自分の行動が、彼の内側に少しでもよく働きかけたのなら素直に嬉しいと思う。でも……。

あのときのクロードはひどく苦しげだった。その何かから逃れるために、咄嗟にした行動のようにも見えた。彼を苦しませているものが何なのか、それはわからない。

もしもそれすらが、自分のもたらしたものだとしたら――。

（……不用意に近づくのも考えものなのかもしれない）

磯崎に内心を悟られる前に、悠生は何食わぬ顔で学食をあとにした。

午後はあらかじめ休講の通達を受けていたので、その足で学院の図書館に向かった。秘薬の効能について、もっと詳しく調べる必要があると思った。けれど学院のデータベースに、該当する項目は見あたらなかった。文献のデジタル化が追いついていないということは、悠生の求める情報は研究所の書庫のどこかで眠っていることになる。一度だけ見せてもらったことのある書庫の、だだっ広く雑然とした様子を思い出すとそれだけで気が遠くなる思いだった。

「ずいぶん遅くなっちゃった……」

気づけば日はすっかり暮れ、もはや辺りを包むのは夜の気配だ。

クロードの小屋へ足を運ぶべきか、悩みながらひとまずは寮への道程をたどる。その途中で、悠生は思いがけないシルエットに出会った。点々と吊るされたランプの灯を避けるように、暗い繁みの傍らに身を潜《ひそ》めるようにして漆黒の毛色が佇《たたず》んでいる。こうなって以来、初めて見る黒豹姿に、

「クロっ」

悠生は思わず、込み上げてきた懐かしさのまま呼びかけていた。

名を呼ばれたことに驚いたのか、クロがびくりと筋肉を震わせる。額で物を見るような警戒態勢のまま、伏せた耳をピクピクと前後に動かす。いまにも立ち去りそうな緊張感を全身に漲《みなぎ》らせながら、それでもその場を動こうとはしない。

「……クロ」

今度は落ち着いて声をかけると、クロが迷うように視線を漂わせた。泳いだ視線が戻ってくるのを待ってから、悠生は静かに膝を折った。ここを動く気はないと態度で示してから、もう一度小さな声で名前を呼ぶ。徐々に濃くなる闇の中で、金色の瞳だけがくっきりと浮かび上がって見えた。

そうしてどれだけ対峙《たいじ》していたろうか、やがて身を翻《ひるがえ》すと黒い毛皮はあっさりと闇に溶けた。

クロードがどんな意図を持ち、あの姿で現れたのか。それも悠生にはわからない。言葉が伝わらない以上に大きな齟齬《そご》が、自分たちの間には横たわっているような気がした。

(明日は書庫にいってみよう)

このタイミングで週末を迎えられたのは幸いだった。骨の折れる作業になるのは目に見えていたが、諦めようなんて選択肢は端《はな》から頭になかった。翌日は朝から書庫に詰めて、それらしき文献をしらみ潰しにあたった。データ化が遅れている、イコールあまり重要視されていない情報なのだろう。書庫の書物は分類も大雑把《おおざっぱ》で、関連する書籍にたどりつくまでもひと苦労だった。

「……またラテン語だ」

そのうえ、ようやく見つけた書物のたいがいは悠生の知らない言語で埋められていた。かろうじてわかりそうな英語の本だけを借りて、悠生は書庫をあとにした。

できることなら作った本人に詳細を訊《き》いてみたいところだが、それも難しいだろう。意気込みばかりが先走って空回りしている現状に、ともすれば意気を挫《くじ》かれそうになる。

(自力で凌げると思ったのが間違いだったかな)

磯崎と同様、ことのなりゆきに安堵していた祐一を気遣わせたくなくて、今日の外出についても悠生は差し障りのない嘘をついてきた。

昔から誰かの厚意に甘えるのが、あまり得意ではない。できうる限り一人で試して、だめだったらそこで諦めるのが常だった。でもこの件に関してばかりは、そうも言っていられない。

内情を明かせば、祐一はきっと快く手伝ってくれるだろう。それからたぶん、「水くさい」とまた嘆《なげ》かれるはずだ。もちろん、冗談交じりに。そんなふうに親身になってくれる友人が久しくいなかったこともあって、悠生はどこかくすぐったさを覚えながら帰途《きと》に着いた。

昨日よりも遅くなったせいで、森を分け入るように続くランプの灯が眩《まぶ》しい。ともすればその目映さに紛れて見落としてしまいそうなほどひっそりと、物言わぬ影が道の傍らに潜んでいるのを悠生は慣れた気配で感じ取った。

「クロ？」

気づかれたのが意外だったのか、黒豹が唸《うな》りともつかぬ響きを漏らす。しばしの間があってから、やがて観念したように黒い毛皮がのっそりと灯の中に姿を現した。昨夜よりはいくぶん、緊張の和らいだ様子で道端に腰を下ろす。ピスピスと鼻を利かせてから、真っ直ぐにこちらを見据えてくる。

この姿のクロードが何か喋《しゃべ》ることはない。学院にきてすぐの頃は、この寡黙《かもく》な友人の佇まいにずいぶん救われたものだ。だがそのうち、この黒豹が存外に雄弁であることを悠生は知った。

仕草や眼差し、ちょっとした表情にクロードの感情は如実《にょじつ》に表れる。それらが読み取れるほど密な関係を築いてきたのだ。クロードがその日々を忘れていても、悠生は覚えている。

物言いたげな金色の眼差しが、じっとこちらを見つめている。

(どうしたんだろう)

何かを訴えるような瞳には、己では律しきれない苛立ちと困惑とが入り交じっているように見えた。

それからどこか釈然としないとでも言うような、不満めいた――。

「……あ」

気づいた可能性に、思わず声が漏れていた。

考えてみればクロードの記憶が失われて以来、毎日あの庭を訪ねていたのだ。それが昨日、今日と急に途絶えたのを不審に思って様子見にきたのだろう。数日前は風邪気味だったことを考えると昨日は安否の確認に、そして今日は庭にこない理由を探りにきたのかもしれないと思う。

黒豹の眼差しには、ほんのわずかだが非難するような色合いも見られる。

なぜこない、と言われているような気がして、悠生は思わず口元を緩《ゆる》めていた。それがはたして気に障ったのか、クロが低い唸り声とともにしっぽの先をはたっと地面に叩きつける。

「あ、ごめん」

機嫌を損ねたことを慌《あわ》てて謝るも、時はすでに遅かったらしい。

すっくと立ち上がったクロが、苛立たしげにしっぽを振りながら方向転換する。だが、すぐに駆け出すかと思われた体躯《たいく》は、なぜか。

「クロ?」

妙にゆっくりと森の中へと踏み入っていく。まるで何かを待つように。

途中で焦《じ》れたように振り向いたクロに、悠生は笑顔で『明日はいくからね』と告げた。それを待っていたように、黒豹がさっと闇の中に走り去る。その姿を見届けてから、悠生はさっきよりも軽やかな足取りで寮への道程をたどった。

——さやさや、と囁くように風が鳴る。

絶え間なく降り注ぐ花弁はまるで雪のようで、ともすれば季節の認識すら危《あや》うくなる。

悠生の故郷ではとっくに盛りを終えた花が、ここではいまも満開だ。いや、満開であり続けると言うべきだろうか。クロードの愛した彼の人《かのひと》の研究が、この庭ではいまも息衝《いきづ》いている。

中でも彼女がいちばん情熱を傾けていたというこの桜の樹の下で、悠生とクロードは結ばれた。

『きっと、エリカが導いてくれたんだ』

いつだったか、そう言って微笑んでいたクロードの横顔を思い出す。

あのときもこんなふうに、悠生はこの樹の下で膝を抱えていた。隣ではクロードが絵本を読んでいて、二人の間には穏やかな時間が横たわっていた。気づけばいつの間にか眠っていた自分により添うようにして、クロードの頬が肩に預けられていて。

悠生はしばらくの間、息を潜めてその横顔に見惚れていた。

あれからそれほど日は経っていないのに、もうずいぶん昔のことのような気がする。

はらり、はらりと宙を舞う白さに目を留めながら、悠生は黒い木肌に背中を預けていた。

一昨日、昨日とクロードに気にかけてもらえたのが嬉しくて、今日はいつもよりずっと早起きをしてしまった。身支度を整えて、いても立ってもいられず寮を出たのが三十分ほど前のこと。クロードが起き出してくるには、さらにあと三十分はかかるだろう。

それまでの間、悠生はこの桜の下で待つことにした。ケープの中で折り畳んだ膝を両手で抱きよせながら、辺りを流れる風に鼻を利かせる。時折交じる馨《かぐわ》しい花の香りは、庭の奥で咲いているブル・ドゥ・ネージュだろうか。それともアーチを形作る――。

(オールド・ローズのゼフィリーヌ?)

庭を散歩する折、クロードが教えてくれた花の名前を次々に思い浮かべながら、悠生は花の便りをより感じるために目を瞑った。

ふいに強まる風が、遠くの木々をざわざわと騒がせる。心地よい響きが鼓膜《こまく》を震わす。森のあちこちでうねるように渦巻く葉擦れの音が、いつしか子守唄になっていたのだろう。

「……っ」

風に運ばれた枯葉が頬をかすめる感触で、目を覚ます。

うっかり眠っていた不覚に、慌てて起き上がろうとするも。

「ク、ロ……?」

密着して横たわる黒豹に気づいて、咄嗟に動けなくなる。

悠生の足元を囲むように丸くなった体は、ゆったりとした呼吸でなだらかな毛皮を上下させていた。

無防備に体重を預けて眠るクロの姿に、思わず息を呑んでしまう。

いつからそこにいるのか、それにどうして――。

頭の中を疑問符だらけにしながら、悠生は浮かしかけていた腰をそっと元に戻した。

陽を浴びて膨《ふく》らんだ柔らかな被毛《ひもう》は、相変わらず規則的な呼吸を紡いでいる。見れば膝を包むケープと同じくらい黒い毛皮にも、白い花弁が纏わりついていた。

どうやらけっこうな時間、こうして二人して眠り込んでいたらしい。昨日の様子ではまだこちらを警戒しているふうだったので、クロがどんな気で眠る自分の横に留まったのかはわからない。単なる気まぐれか、それとも。

風に煽《あお》られた花びらが、丸い耳のつけ根にふわりと着地した。その感触を嫌うように、ピクピクと片耳だけが前後に振れる。伸ばした指先でそっと花びらを除くと、安堵したようにしなやかな毛皮が大きく上下した。

組んだ両腕の間に頰を載せながら、健《すこ》やかな寝息で下草の不揃いな葉先をなびかせる。

ほんの少し前までは、これが日常のひとコマだったのだ。

（まるで、以前に戻ったみたい）

心和む光景をしばし目に焼きつけてから、悠生は思いきって温かな毛皮に触れてみた。そのまま花びらを払うように、毛の流れに沿って掌《てのひら》を滑らせてみる。何度かくり返すうちに、条件反射のように聞き慣れた音が聞こえてきて、悠生は思わず頰を緩めていた。

愛撫《あいぶ》に心地よさを覚えていると、そう教えてくれる何よりの証《あかし》だ。最初は途切れがちだったそれが、やがて呼吸に合わせてグルグルと大きな反復に変わる。以前よりもパサついた毛の感触が少しでもよくなるように、悠生は丹念に掌のブラッシングを施《ほどこ》した。

無防備に触られているというのに、クロが目覚める気配はない。少なくともこんなふうに寝入ってしまうくらいには、信頼されていると考えてもいいのだろうか。密着した体から伝わってくる体温が、悠生にも心地よさと安心感をもたらしてくれる。

（あんまり難しく考えない方がいいのかな）

自分がそばにいることで弊害《へいがい》があってはいけないと危惧していたのだが、現状を見る限りそれだけでもないのかなという気がしないでもない。

毛皮に載った花びらをひととおり落としたところで、いったん手を離す。するとそれが違和感になったのか、ややしてクロがうっすらと目を開けた。真っ黒い毛並みの中に、金色のスリットが鋭く入る。

「クロ……？」

まだ半覚醒なのだろう、瞬《またた》くように何度か目を瞑ってから、急にその目が見開かれた。己の失態に気づいたかのように、慌てて起き上がった体が戸惑いがちに視線をめぐらせる。

どうやらかなり、動転しているようだ。

「おはよう、クロ」

頃合いを見て声をかけると、動揺した体がビクンと背中を波打たせた。

恐る恐るといった態で目を合わせたクロが、何やらムヤムヤと口元を蠢《うごめ》かせる。まるで言い訳するようなその挙動がおかしくて、悠生は思わず噴《ふ》き出していた。

「もう、クロったら」

これで中身はあの顰め面のクロードなのだから、そのギャップがおかしくて堪《たま》らない。ツボに入ってしまったように笑い続ける悠生の傍らで、黒豹はなぜか驚いたように目を丸くしていた。悠生がそれに気づいたのは、ひとしきり笑い終えたあとだった。

『どうかしたの』

問いかけた悠生に答えるように口を開けてから、自身が獣であることに気づいたのか、ばつが悪そうにまたしてもムヤムヤと口元を動かす。その様が可愛らしくてまた表情を緩めると、黒豹が今度も驚いたように目を瞠《みは》ってみせた。

「クロ？」

囚われたようにこちらを見つめていたクロが、やがて我に返ったように視線を逸らす。不可思議な反応に首を捻りかけたところで、

「……あ」

お腹が鳴って、悠生は反射的に鳩尾《みぞおち》を押さえていた。

陽の高さから考えて、もう昼が近いのかもしれない。どこかでランチを、そう言いかけた悠生の台詞《せりふ》に被るように、今度は黒豹のお腹がクルル……と小さく鳴った。ますます居心地悪そうに顔を俯けたクロが、これまででいちばん言い訳じみた唸り声を細々と上げる。

（どうしよう……すごい可愛い）

ヒト型とのギャップがいちいち愛らしくて、どうしても頬が緩んでしまう。

『一緒にごはん、食べよう？』

クロの顔を覗《のぞ》き込みながらそう提案すると、肯定を示すように黒豹が目を細めながら小さく喉《のど》を鳴らしてみせた。立ち上がって、スラックスのポケットに入れておいた端末で時刻を確認する。日曜のこの時間は、ちょうど昼食用の焼きたてパンがマルシェに出回る頃合いだった。

マルシェの手前まではともに赴いたものの、脚を止めてしまったクロに代わって悠生は「日曜の定番」と化していたいくつかの食材を買い求めた。ローズマリーを練《ね》り込んだ焼きたてのフォカッチャに、かりかりのベーコンとカマンベールチーズ。それらをサンドウィッチにして、少量のはちみつをかけて食べるのがクロードのお気に入りだった。

買い物袋を両手に抱えて戻ると、いつの間にかヒト型になったクロードが二人分のお茶を手に佇んでいた。マルシェの入り口付近で売っている中国茶のテイクアウトだろう。いつもならラテを合わせるところなのだが、どうやらいまのクロードなりに、東洋系の悠生に気を遣った選択なのが窺える。

相変わらずの仏頂面で、口も開かないまま手を出すと、クロードは悠生の荷物を片手で奪って踵を返した。その後ろに悠生も無言でついて歩く。どこで食べる気なのかと思ったら、何のことはない。奥庭の桜の樹の下まで戻ると、クロードは腰を下ろすなり袋の中身をいきなりぶちまけた。呆気に取られた悠生の目の前で、空になった紙袋を地面に敷いてそこに座るよう顎先で促してくる。

『——ありがとう』

とんでもなく不器用な優しさを見た気がして、悠生は少々戸惑いながらもクロードが用意してくれた席に腰を下ろした。地面に転がっていたパンやベーコンの包みを解く。それから、作業用繋《つな》ぎのポケットにいつも入っているナイフを借りて、悠生は慣れた手順でサンドウィッチを作った。小瓶で買い求めたはちみつを、最後に少しだけ中身に垂らす。そうして渡した昼食をしばしものめずらしげに眺《なが》めてから、クロードは無造作に嚙みついた。

はたしていまのクロードの口に合うのか、心配げに見守っていると、ひと口めの咀嚼《そしゃく》がまだ途中だというのに、もうひと口齧りつくとクロードは口いっぱいにサンドウィッチを頰張った。味を評するようにモゴモゴと何か言われるも、正直とても言葉としては聞こえなかった。その様子が獣姿のときと重なって見えて、また頰が緩んでしまう。

自分用のサンドウィッチを嚙み締めながら、悠生はクロードの旺盛《おうせい》な食欲をただ見守った。まだ熱いフォカッチャに溶けたチーズとはちみつとが絡み合って、優しい風味を醸《かも》し出す。カリッと焦《こ》げたベーコンはむしろアクセントだった。

テイクアウト用のポットから紙コップに中身を注いで、クロードの前に置く。ふわりと花の匂いが広がった。半透明のポットの中で、束ねられた花茶の芯がゆらゆらと泳いでいるのが見える。

クロードはほとんど口を利かず、悠生もまた取り立てて何かを言おうとは思わなかった。

(こんなに穏やかにすごせるなんて)

沈黙すらが、いまは心地よく感じられる。木々の葉擦れや、小鳥の囁きが時折聞こえては二人してじっと耳を澄ました。草上の昼食が終わってもなお、平穏な空気は変わらなかった。

以前の癖で六つ買い求めたフォカッチャのうち、容易《たやす》く五つを完食したクロードが指についたはちみつを丹念に舐《な》め取る。ハンカチを差し出すべく、ちょっと目を離した隙にクロードはまたあっという間に獣姿になっていた。大きな舌と前脚とを使って身繕いする様は、まるきり猫と変わらない。食後の儀式めいたそれを、悠生は細めた眼差しで見つめた。

ひととおり終えたところで、クロが満足そうに息をつく。やがてまた眠気に襲われたのか、金色の瞳が時間の経過とともに細くなっていく。

『眠いの、クロ』

答えるように小さく開いた口が、それがきっかけになったように大きな欠伸《あくび》に取って変わった。瞼《まぶた》の重そうな顔がぼんやりとこちらを見やる。眠気のせいか、髭《ひげ》の張りも普段よりしなびて見えた。

『じゃあ、また一緒に寝る？』

ヒト型のままではとても言えなかったろう軽口も、黒豹相手だとつい口にしてしまう。半分冗談のつもりで腕を開くと、のっそりと起き上がった体が大人しく近づいてきた。

（え——？）

傍らにゴロンと横たわるなり、悠生の膝を枕代わりに頭を載せてくる。けっこうな重量が何の躊躇《ちゅうちょ》もなく預けられて、悠生は思ってもみなかった展開にパチパチと両目を瞬かせた。

よほど眠かったのか、クロが間もなく寝息を立てはじめる。安眠を阻害しないよう、しばらくは息を潜め、石のように固まっていた悠生だったが、間近な梢《こずえ》でカラスが大声を上げてもまったく微動だにしなかったクロの様子に、ようやく肩の力を抜いた。

さっきまでは濡れてツヤを帯びていた鼻先が、いまはすっかり乾いている。午前中といい、この昼寝といい、もしかしたら最近のクロはあまり眠れていなかったのかもしれないと思う。それがどうしてこんな形での安眠に繋がるのかはわからないが、悠生としては単純に嬉しかった。

みっしりと毛の生えた眉間をそっと撫でてみる。クロが寝言のようにムグムグと口元を動かした。今度は太い鼻柱から額へと続くラインを優しくさする。乾いた鼻から満足げな息が漏れた。どれも、クロが好んだスキンシップだ。記憶がなくても、そういった好みまでは変わらないのだろう。

はらはらと舞い落ちる桜の花弁を、突風が押し流して森の奥へと運んでいく。ちょっとした嵐のようなそれが、桜色の渦《うず》を巻いて宙を流れていくのを眺めながら、悠生は安眠を促すように温かな毛皮を撫で続けた。

(本当に、以前に戻ったみたい)

もしかしたらこれまでのことはすべて夢で、自分はこの場で居眠りしていただけなのかもしれない。そんな夢想に浸《ひた》りたくなるほど、クロはその身のすべてを悠生に委《ゆだ》ねてくれていた。

「……ううん、ちょっと違うか」

うっすらと斑点《はんてん》の浮いた毛皮を撫でながら、以前とは違うこの身に触れていることがどれだけの奇跡か、悠生は噛み締めるように深く息をついた。

誰もよせつけず、頑なに孤独とだけ向き合っていたクロードがこんなにも無防備に身を預けてくれるなんて。当初の彼からは、とても想像できなかったことだ。独り善《よ》がりな感情だけが先走って、彼の前では空回りしていた自覚しかなかったから、それが少しでも実を結んでいまに繋がっているのなら、こんなに嬉しいことはない。

このまま出会い直すのも、それはそれでいいのかもしれない。少しだけそんな気持ちになった。

たとえ何度忘れられても、自分にとっての「運命」はクロードだけだから。何度でもこんなふうに出会って、少しずつでも心を通わせて、いつしか彼の安らぎになれればいいと思う。

ひとりぼっちで泣いていた自分に、クロがより添ってくれたように。

(――でも、やっぱり)

悠生がいちばん会いたいのは、あのクロードだった。不器用ながらもひたむきで、優しくて、いつだって情熱的に悠生のことを愛してくれた――。むしろ自分と出会う前の彼と触れ合ったからこそ、よりそう思うのかもしれない。彼の抱えていた孤独を知ったことで、なお一層思いが募る。

「そう遠くないうちに会える、よね」

いずれくるはずの邂逅《かいこう》に思いをはせながら、悠生は陽だまりの載る毛皮に指先を滑らせた。

昼下がりの空気はどこまでも暖かで、時間の流れはゆったりとしている。昼寝には最適の環境と言えた。すやすやと眠るクロを見ているうちに、ついこちらまで釣られそうになる。やがて微睡《まどろ》みに引き込まれ、舟を漕《こ》ぎはじめた悠生を覚醒させたのは、ポケットに入れた端末の振動だった。

クロの安眠を妨げないよう、素早く取り出して確認するなり、

「……あ」

思わず声が漏れてしまう。それは祐一からのメールだった。勘違いしてたらごめん、約束って今日の午後だったよね、という控えめな文面に悠生は慌てて「すぐにいく」旨《むね》を返信した。

まさかこれほど完全に先約を忘れてしまうとは、自身の浅はかさに滅入《めい》りたくなる。端的に言って、舞い上がっていたのだ。この思いがけない幸運と、奇跡とに。

（せっかく、時間作ってくれたのに）

特別カリキュラムを組まれるほど優秀な祐一の休日は、だいたいが課題をこなすことで終わってしまう。そのうえ、監督生の補佐まで担《にな》わされた彼には雑務までが上乗せされる。そんな中、悠生のためにわざわざスケジュールを空けてくれたのだ。祐一の厚意を無にするわけにはいかない。

昨夜、己の不甲斐なさを吐露《とろ》した結果、今日はともに書庫へ赴くと約束してくれたのだ。聡明な彼の助力があれば、文献探しにもきっと進展があるに違いない。秘薬の詳しい効能がわかれば、いまのクロードのためになる手立てだって何か見つかるかもしれない。

すっかり寝込んでいるクロを起こすのは忍びなかったが、悠生は添えていた手で柔らかな肢体を揺り起した。ややして目を開いたクロが、眠そうな顔で頭をもたげる。

『ごめんね、クロ。約束があったの忘れてて……いかなくちゃいけないんだ』

文法的に怪しいところはあれど意味は通じたのか、のっそりと起き上がった体が怠惰《たいだ》な仕草で前脚を伸ばす。それから大きな欠伸を漏らすと、クロが眠そうな顔でこちらを覗き込んできた。

『また明日、ね？』

言葉を咀嚼するような間がしばしあってから、まるで頷くように首を上下させる。それを了承と取って、悠生は慌ただしくその場に立ち上がった。

『じゃあね、クロ』

名残惜しさを振りきるように足早に立ち去ろうとしたところで、いきなり後ろから手首をつかまれる。驚いて振り向くと、いつの間にかヒト型になったクロードが真後ろにいた。

『……名前は』

「え」

『おまえの、名前を訊いている』

そう言われて初めて、これまで一度も名乗っていなかったことに思い至る。

「え？　あ、ジュスイ……じゃなくて、えーと」

クロードからの唐突なアプローチに、悠生は戸惑いながら「Je m'appelle YUKI」と小声で名乗りを上げた。それを受けたクロードが眉間にほんのりシワをよせながら、口中だけで何度か「ユウキ」とくり返す。まるで練習するかのように。

『覚えた』

俯きかげんに目を合わせると、クロードはそれきり背を向けて桜の下へと戻っていった。呆気に取られて思わずその背中を見送ってから、はたと使命を思い出し、慌てて踵を返す。

（いまの、って……）

自分に興味を持ってくれた、ということだろうか？

ランチといい、昼寝といい、少なくともこれまでとは違う何かが確実にクロードの中で生まれているのは確かなようだ。——ただそれが何による変化なのかは、残念ながらさっぱりわからない。

でも、久しぶりに彼の口から自分の名前を聞けたのが嬉しくて。

「へへ……」

知らぬ間に頬が緩んでしまう。クロードとのやり取りを何度も脳内でリピートしながら、悠生は気づいたらかなりの早足で研究所のゲートを潜《くぐ》っていた。

そのままの勢いで、別棟《べつむね》の書庫へと滑り込む。

「どうしたの、篠原くん」

時間どおりにきていたのだろう祐一が、駆け込んできた悠生を見るなり目を丸くしてみせた。

「顔、真っ赤だけど」

「あ、これはその……っ」

遅れたお詫《わ》びとその経緯、それから寸前のやり取りとをその場で一気に告白すると、祐一は感心したように頷いてから、ふっと瞳の輪郭《りんかく》を緩めてみせた。部屋の隅に設《しつら》えられた閲覧《えつらん》用のソファーに腰かけながら、膝の上に載せていた大判の本をパタンと閉じ合わせる。

「デート中だって知ってたら、遠慮したのに」

傍らのテーブルに積んである本はすべて、関連書籍なのだろう。そのうちの一冊と交換すると、祐一がいくつかのページに丁寧に付箋《ふせん》を貼りつけていく。

「や、別にそういうわけじゃ……」

獣姿のクロがやっていたようにムヤムヤと言葉を濁《にご》してから、悠生は熱い頬を二度ほど叩いて気合を入れた。目下やらなければならないことは、文献の発掘だ。祐一に伺いを立てながら、悠生も向かいのソファーに陣取っていくつかの書籍に目を通した。

歓談を挟みながら、そうして夕方までをすごしたが——成果はあまり芳《かんば》しくなかった。

わかったことは、どうやらかなり古い時代の秘薬であること。加えて似た効能の秘薬がほかにもあり、そちらの方がメジャーになったため、こちらの秘薬は廃《すた》れてしまったらしいこと。けっきょくそれ以上の糸口はつかめないまま、その日の調査は終えることになった。

やはり、ひと筋縄ではいかないようだ。

「今日はありがとう、付き合ってくれて」

「あんまり役には立てなかったけどね。申し訳ない」

「ううん、そんなことないよ」

そのわずかな糸口ですら、自分一人では見つけられたか怪しいものだ。責任を感じてか、肩を落とした祐一に改めて感謝を述べながら書庫をあとにする。と、最初の曲がり角に差しかかったところで、悠生は出会いがしらに誰かとぶつかった。

「わっ」

反動で倒れかけた体を自分は祐一に支えてもらえたが、相手はそのまま尻餅《しりもち》をついてしまう。

「大丈夫ですか」

反射的に差し出した掌の先で、鮮やかな銀髪がさらりと揺れた。見られるのを拒むように交差した両腕で顔を覆っているが、これほど見事な銀髪はそうはいない。

『……リュカくん？』

名前を呼ぶと一瞬だけ間があってから、ゆるゆると腕のガードが下りていった。剣呑《けんのん》な目つきでこちらを睨《にら》み上げてから、リュカがふてくされたようにふいと横を向く。相変わらずのすげない態度だが、悠生が気にしたのはその点ではなかった。

『その、怪我』

思わず指差すと、はっと肩を震わせたリュカが慌てて背後に両手を隠す。白くて華奢な指先には、なぜか無数の切り傷が刻まれていた。

じっくり検分したわけではないが、真新しく血の浮いた傷もあれば少し古い傷もあったようだ。その様相に手当てを申し出るも、リュカは首を振るばかりで顔すら向けようとしなかった。

（どうしたんだろう……）

古い傷が手つかずなところを見ると、どれも自然治癒《ちゆ》させる気でいるようだ。だが、このままでは雑菌が入る可能性もある。少し強引にでも、医務室に連れていった方がいいのかもしれない。そう思って大きく踏み出したところで、素早く起き上がったリュカが脱兎《だっと》のごとく駆け出す。その背中はあっという間に見えなくなってしまった。

「……逃げられちゃった」

顔を見合わせた祐一が、「まあ、難しい年頃だからね」と肩を竦めてみせる。

『それにしても謹慎中なのに、こんなところにいるなんて。磯崎さんに報告しておかなくちゃ。でもその前に本人に会えたら内緒にしておこうかな。――もちろん、手当てさせてくれたらだけど』

心もち張り上げた声でそう言ってから、祐一が片目を瞑ってみせる。どうやらどこかで聞き耳を立てている気配を察したのだろう。自分には頑なな態度しか見せないリュカだが、物腰柔らかな祐一が相手ならあるいは、少しは素直になってくれるかもしれない。

「あーいうタイプの子、ちょっと放っておけなくてね」

小声でつけ足した祐一が、少しだけ苦い笑みで口角を引き上げる。前に聞いたことのある幼馴染みのことだろうか。彼の話をするとき祐一は決まって、わずかだが表情に翳りを見せる。

「つい、お節介を焼きたくなっちゃうんだ」

「じゃあ、お任せしてもいいかな」

「もちろん。――君の方こそ、どうして彼を気遣うの？」

こんな目に遭《あ》ってるのに、と続きは視線だけで問いかけてくる。

リュカの風あたりが厳しかったことについては、祐一も把握している。今回の件を磯崎はリュカの故意と半ば決めつけていたが、本人の証言がないのでその点は何とも言えない。だが経緯はともかく、結果から考えてリュカの心証がいいわけがない、そう言いたいのだろう。

「それはたぶん、同じ気持ちを知ってるから……かな」

リュカが走り去った方向に目を向けながら、悠生は知らず目を細めていた。

「大好きな人を取られて悔しいって気持ち、僕にも覚えがあるから」

恋人ができたと母に打ち明けられたとき、喜ばしいと思うのと同時、寂しさと悔しさが入り交じったような気持ちに襲われて、まだ子供だった悠生は夜中に何度か枕を濡らした。門出《かどで》を祝いたい気持ちも確かなのに、母の愛情が二分されてしまう気がして、埒《らち》のない焦燥に見舞われたものだ。

リュカの場合、そんな口惜《くちお》しい気分だけをずっと味わっているのだろう。だからといってクロードを譲ることはできないけれど。

「できるだけ彼の気持ちを受け止めたいって、そう思ってるんだ」

「そっか」

気がついたら床に視線を落としていた悠生を慰《なぐさ》めるように、祐一が軽くハグしてくれる。

（わ……）

友愛のスキンシップに一瞬だけ驚くも、悠生も同じように祐一の背中に手を回した。馴染みのない習慣だが、こんなふうに親しい相手の体温を直接感じるのは快いものだった。——だが如何《いかん》せん慣れないもので力加減に戸惑っていると、祐一が「——だよね、わかる」と背中を叩いてきた。

「される機会が増えたから会得しようと思ってるんだけど、これがなかなか」

「もしかして、練習されてる……？」

「実はそうだったりして」

祐一にしてはめずらしく冗談めいた口調に、悠生はふっと吐息を漏らした。笑ったおかげで肩の力が抜けていく。祐一の気遣いは、いつでもさりげなくて気が利いている。

「よかったら、また練習させてね」

最後まで軽口で締めた祐一が、手を振りながら見送ってくれる。この付近でリュカを待つのだという。笑顔でそれに応えてから、悠生は軽い足取りで帰途に着いた。

——物陰にしばしの間潜んでいた獣の気配には、最後まで気づかなかった。

Ⅳ【quatre】

あとをつけたのは、ちょっとした出来心からだった。

あのあとしばらくは午睡《ごすい》の続きを試みたものの、先ほどまでのような睡眠には恵まれず、クロードは仕方なく昼寝を中止することにした。このところ続いていた睡眠不足は、午前中でかなり解消できたのではないかと思う。そう、睡眠不足だったから――。

（つい、眠り込んでしまっただけだ）

他人のそばで無防備に寝てしまうなど、自分としては失態に近い。なぜそんなことになったのかといえば、第一に不眠のせい。そしてたぶん第二くらいが、あのチビのせいだ。すやすやと心地よさそうに眠る彼を見ていたら、いつの間にか眠気を誘発されていた。

だいたい小屋に顔を出すと言っておきながら、なぜあんなところで眠っていたのか。チビの言動はたいがいクロードの理解を超える。いつまで待ってもこないから捜しに出たら、あの有様だ。しかもよりによって、エリカがいちばん気に入っていた樹の下で寝入るとは。

さっさと叩き起こそう、そう思って傍らに膝をついた。けれど規則正しい呼吸音をそばにしたら、急にそれが侵《おか》しがたく思えた。理由はわからない。揺り起こそうと出した手を肩に置くことさえできず、クロードは途方に暮れた。

これがチビ以外の誰かだったら、制裁を加えるのに躊躇いなんてなかったろう。恐怖で慄《おのの》く顔を見ることに、満足感すら覚えたかもしれない。なのにチビに関しては、まるで正反対だった。

幹《みき》を背に眠るチビが、時折吹く冷たい風に首を竦ませる。折り曲げた手足は器用にケープで包んでいるものの、このままでは体が冷える一方だ。あいにく身ひとつできてしまったため、保温に役立つようなものは何も持っていない。ならば。

獣姿になったのは、気まぐれと思いつきの結果だった。ケープの隙間を塞ぐようにして、横たえた体をチビの身に沿わせる。そのまま様子を見ていると、白かった頬がにわかに血色を取り戻していくのが確認できた。この時期、時間帯によっては冷えきった北風が吹く。それでもこうして身をよせていれば、風邪を引くこともないだろう。

(……何をやってるんだ、俺は)

自問が湧《わ》かないわけではなかった。だが返せる答えがないからこそ、自分はここにいるのではないかとも思う。なぜこうもチビだけが、自分の関心を引いて止まないのか。

最初はじっくりと観察する気でいたのだ。けれど気づけば、睡魔に意識を乗っ取られていた。目が覚めたときにはもうチビも起きていて、言い訳のしようもない状況になっていた。もっとも獣の身で弁解などできようはずもない。それでもばつが悪くて、ムゴムゴと口を動かしていると――。

「もう、クロったら」

チビが軽やかに笑いはじめたのだ。

(笑っ、た)

ここまで屈託《くったく》のない表情を見るのは初めてだった。

鈴を転がすような心地よい響きでひとしきり笑ってから、チビはようやくこちらの注視に気づいたように『どうかしたの』と声をかけてきた。咄嗟に返事をしかけてから、喋れない自分をごまかすようにまた口元を蠢かせる。すると、チビがふにゃりと表情を崩した。

「――……」

陽だまりで作ったような朗《ほが》らかな笑顔に、またも目を奪われる。

こちらが獣姿でいるからか、チビはいつもよりリラックスした空気を纏っていた。これは一昨日や昨日も感じたことだが、チビは獣化変容したクロードを見ても構える様子がない。それ以前に黒豹姿を自分であるとすでに認識していたのだ。この姿ならバレることもない、あの晩、そう思って偵察に赴いたクロードは、あっさりと名を呼ばれてかなり心臓に悪い思いをさせられた。

(チビは、本当に俺を知ってるんだな)

いつだったか聞かされた磯崎の話にはろくに耳を傾けなかったので詳細は不明だが、自分がチビの記憶だけを失っているという状況は確かなのだろう。

自分にとってのチビが、どんな存在だったのかはわからない。忘れてしまうくらいだ、たいした存在ではなかったのかもしれない。だが、チビにとっての自分は必ずしもそうではないのだろう。親しみ以上の何かを、チビは最初から抱いているように見えた。それが煩わしくて仕方なかったはずなのに、いまではすっかり気にならなくなっていた。むしろ、いまは――。

「クロ？」

呼びかけられてようやく我に返るほど見入っていた自分に、クロードは動揺を隠せなかった。

（それに……）

何の躊躇いもなく呼ばれる名前、それはエリカだけが使っていた愛称だ。チビはあたり前のようにその名を口にする。ひどく言い慣れた様子で。

それが何を意味するのか、考えようとすると途端に思考にモヤがかかる。その先へ無理に進もうとすると、耳元で不協和音が掻き鳴らされるようだった。しかも耐えがたく不快なその感覚は最近、夢までも侵食してくる。このところクロードが寝不足なのはそのせいもあった。チビの夢を見るたびに夜中に何度も目覚めるはめになるというのに、現実のチビのそばではなぜかよく眠れるという矛盾。その謎が解けるのなら、できるだけチビのそばにいてみようと思った。

チビが作ってくれた昼食はうまかった。調理と言えるほどのものでもないが、こんなふうに拵《こしら》えたものを食べるのはいつ以来だろう。エリカがいた頃はよく料理の腕前を披露《ひろう》したものだ。彼女がいなくなってからは、キッチンに立つこともなくなった。

久しぶりに食べる温かい食べ物に、つい手が止まらなくなる。次々とフォカッチャが消えていく様を、チビは嬉しそうに眺めていた。慣れた手つきで、いくつものサンドを量産しながら。

そうして会話らしい会話もろくにないまま、食事は終わった。

（なんだか、妙な感じだ）

誰かと共有する沈黙が、これほど快く感じられたのは久しぶりだった。

目が合うと、チビはちょっとはにかんだ様子で笑いかけてくれる。けれどその笑顔ではどこか物足りなくて、クロードは獣へと姿を変えた。ヒト型の自分より黒豹といる方が、どうやらチビはリラックスできるようだ。――その点はもしかしたら、自分も同じだったのかもしれない。

ひととおりの毛繕いを終えると、途端にまた睡魔に襲われた。あまりの眠気に朦朧《もうろう》としていると、チビが『また一緒に寝る？』と腕を開いてみせた。向こうとしては冗談のつもりだったのだろうが、裏を掻く意図も込めてクロードは何食わぬ顔で細い膝を枕にした。

チビの戸惑いが体を通して伝わってくる。緊張のせいか、妙に硬めの枕はあまり寝心地のいいものではなかったが、クロードの意識はあっという間に眠りの底へと沈んでいった。揺り起こされて目覚めたときも、自分がどこにいるのかすぐには思い出せなかったほどだ。

約束があるからいかなくてはならない、とチビは言った。それをぼんやりと聞きながら、眠気で重くなった体を伸ばして、欠伸をする。『また明日、ね？』とチビは申し訳なさそうに続けた。

（なんだ、今日はもうこない気なのか）

感じた不平を口にしようにも叶わないので、クロードは束《つか》の間考えてから一度だけ頷いた。チビがあからさまにホッとした顔でその場に立ち上がる。だが足早に立ち去ろうとした細身を、気がついたら引き止めている自分がいた。まるで、いつかのように。

獣からヒト型になっていたのも、まったくの無意識だった。引き止めた理由を口にしなくてはいけない。そう思うより先に、クロードはチビの名前を訊ねていた。当惑のあまりか、チビがしばし言い淀《よど》んでから、小さな声でファーストネームを名乗る。

（ユウキ、ユウキ）

慣れない響きを何度か口中で試してから、クロードはユウキを解放した。そのまま背を向けて元のポジションへ戻る間も、呪文《じゅもん》のように唇だけで彼の名前を唱《とな》え続ける。背後で聞こえていた足音が完全に遠ざかってから、クロードは一度だけ振り返った。

『……ユウキ』

ずっと知りたかったことをようやく知れたような、妙な感慨があった。ヒト型のまま樹の下に戻り、やりかけの仕事を終わらせるような気持ちで横たわるも、なぜか気が昂《たかぶ》ったようにうまく眠れない。しばらくは惰性で横になっていたものの、やがてそれにも飽《あ》いた。

いったい、誰に会いにいったんだろう？　半ば暇《ひま》つぶしのつもりで、クロードはユウキを追いかけることにした。イヌ科には負けるが、ネコ科の鼻もなかなかのものだ。うっすらと残っていたユウキの匂いをたどっていくと、それは研究所へと続いていた。あまり好んで立ち入りたい場所ではないが、苦手意識よりも好奇心の方が上回る。正面ゲートをひらりと飛び越え、さらに匂いの流れをたどっていくとそれは別棟へと続いていた。

（……そういえばそうだったな）

道中すれ違う研究員のほとんどが慌てて目を逸らし、何も見なかったふりをするのに、クロードは奇妙な懐かしさを覚えていた。研究員の多くはクロードの姿を見かけると、ヒト型であろうと獣姿であろうと一様に怯んだ顔を見せる。これが普通の反応なのだ。ユウキの態度がいかに偏《かたよ》っているか、重ねて思い知らされる気分だった。

別棟に続く回廊の途中で、前方に磯崎の姿を見つける。なぜこんなところにいるのか、追及されるのが面倒でクロードは獣姿に切り替えると、素早く柱の間をすり抜けた。中庭の樹の上に身を隠し、うるさい小舅《こじゅうと》をやりすごす。だが、そうこうする間にどこからか漂ってくる薬品臭に鼻をやられ、その後しばらく別棟を徘徊するはめになったのは計算外だった。

小一時間ほど彷徨《さまよ》ったすえ、書庫の近くで偶然ユウキを見つけて通路の角に身を潜める。隣にいるのが約束の相手だろうか。年の頃はユウキと同じらしく、彼もまた学院の制服を着ていた。背丈はユウキより高いものの、自分には遠く及ばない。一見して優しげな面立ちも、翻れば頼りなさの象徴のようにも見えた。優等生じみた雰囲気が板についているところも、なんだか気に食わない。

そんな相手と、ユウキは笑顔で言葉を交わしていた。自分といるときとは違う、安心と信頼を絵に描いたような笑みが小作りな顔すべてを彩《いろど》っている。

（あんな顔も、するんだな……）

それだけでもよくわからない衝撃に見舞われていたというのに、胡散《うさん》臭い優等生がおもむろにユウキの肩を抱いた。その途端、目の前が真っ暗になった気がした。

『なんだ、あれは……』

どす黒い気持ちがみるみる湧き上がってきて、あまりの気分の悪さにクロードは踵を返していた。あれ以上、一秒だってあの光景を見ていたくなかった。正面ゲートまで戻るのももどかしく、途中の塀《へい》を強引に乗り越えて森へと駆け出す。胸にべったりと貼りついた何かを振りきるように、クロードは風を切りながらひたすら木立《こだち》の間をすり抜けた。

自分以外の誰かがユウキに触れる、それがこんなに腹立たしいことだとは思わなかった。けれどそれが何に根差しているのか、考えようとするとあのモヤが即座に思考を中断させるのだ。この邪魔さえ入らなければ、答えは目の前にある気がするのに――。

歯痒《はがゆ》さのあまり、叫び出したい衝動に駆られる。あてもなく走り続けるうち、クロードは目測を誤って崖から滑り落ちた。派手に斜面を転がり落ちた体が、水辺でようやく停止する。いつの間にか、湖畔《こはん》近くまできていたようだ。陽もすっかり暮れ、辺りは暗闇と静寂で充ちていた。自身の荒い息遣いだけが、無人の空間に響いている。

(……情けない)

獣姿のおかげで夜目も利くし、反射神経もヒト型の比ではない。おかげでたいした怪我も負わずに済んだが、それはあくまでも外傷の話だ。不甲斐なさでいっぱいになった胸は、いつになくシクシクと痛んだ。折り合いのつかない気持ちを抱えながらたどる帰途は、はてしなく遠く感じられた。

そうしてとぼとぼと帰りついた小屋には、思いがけない差し入れが届いていた。

『クロードへ。――今日はごめん』

扉脇に置かれた籐《とう》のバスケットには、手書きのメモが貼られていた。こんなものを届けてくれる相手の心あたりなんて一人しかいない。

獣化を解くのももどかしく、クロードは小さなバスケットを持ち上げた。中身を検《あらた》めると、まだほんのりと温かいクッキーが詰められている。お手製だろうか。その場でさっそく一枚摘まむ。少し硬めの食感はビスケットのようでもあり、控えめな甘さはジャムやはちみつを添える前提で作られているのかもしれないと思う。素朴で、けれどあとを引く味わいにもう一枚摘まんだところで、バスケットの内側に貼られていた『ちゃんと手を洗ってね』という二枚目のメモに気づく。

『…………』

食べかけのクッキーを戻し、繋ぎの腰辺りを擦って手の汚れを誤魔化《ごまか》そうとするも、それじゃ不充分だよと笑うユウキが思い浮かんで、クロードは大人しく従うことにした。小屋に入るなり手を洗って、あっという間にクッキーを平らげてしまう。

これは、慌ただしく去ったことに対する詫びなのだろうか。クロード自身はそのことを気にしていなかったが、こんなものを届けるくらいなら『また明日』などと言わなければよかったろうにと、その点の方が不満だった。くると知っていれば、さっさと帰って待ち構えたものを。

がっついたからか、口元を囲むようについていた粉を掌で撫で落とす。もうじき日付が変わろうというのに、考えてみれば昼に食べて以来の食事だった。

はたして腹が充たされたからか、気づけば気持ちの方もだいぶ落ち着いていた。約束の相手が誰であるにしろ、ユウキはこんなにも自分のことを気にかけてくれているのだ。その日のうちにわざわざ、手製のクッキーを持参してくれるほどに。

(真っ直ぐ帰ってればよかった……)

それだけを後悔しながら、クロードはその晩久しぶりに夢を見ずに眠った。

翌朝、小屋で待ち構えていたものの、ユウキが訪ねてくることはなかった。考えてみれば平日の朝だ、くる確率はこれまでも五割くらいのものだった。

（あのクッキーはうまかった）

できるだけ早く感想を伝えたかったクロードは、やや憮然《ぶぜん》とした面持《おもも》ちで午前中の庭仕事を片づけた。昼前にはマルシェでフォカッチャを買ってみるも、一人で食べるそれはひどく味気なく、物足りないものだった。

もしかしたら昼に現れるかもしれない、そう思って学院の昼休み中は小屋で待機していたものの、そんな期待もあっさり裏切られ、午後の仕事は半ばやっつけになってしまった。――途中で気づいてしまったのだが、昨日の相手が学院の生徒である以上、いまこの瞬間もユウキの隣にはあいつがいるかもしれないのだ。

今日もまた、ユウキはあいつに信頼をよせているのだろうか。あいつもまた、ユウキの身に気安く触れているのかもしれない。どちらも考えるだけで腹立たしかった。憤りの理由を考え出すとモヤに巻かれるので、クロードはその場で足踏みするように憤懣《ふんまん》だけをじりじりと噛み締めた。

放課後になってユウキが現れたら、どうしてくれようか。

そんな気分でいたのだが、実際は――。

『どうしたの、クロードっ』

小屋で顔を合わせるなり予想外の剣幕で詰められて、クロードは無言のまま眉を顰めるのが精いっぱいだった。その無言をどう取ったのか、じりじりと後退するクロードをユウキが真剣な顔で追い詰めてくる。どうやら昨夜、湖畔で負った怪我を大げさに捉《とら》えているらしい。

（そういえば、ろくに手当てしなかったな）

たいして痛まなかったのですっかり忘れていたのだが、顔や腕の擦り傷は人目につきやすい。

『もう！　あっちもこっちも、傷だらけじゃないか』

控えめな印象を覆《くつがえ》すほどの迫力にすっかり気圧《けお》されてソファーに腰かけると、迷いもせずクローゼットから救急箱を取ってきたユウキがクロードの隣に腰かける。

『なんで、こんな怪我したの』

『崖《がけ》から落ちた』

『ガケ……？』

答えを聞くなり、ユウキは弱ったように眉根をよせた。語学力が釣り合うなら、詳細を質されていたことだろう。それが叶わないからか、ユウキは困ったように母国語で何かを口にした。

「まったく、リユカくんといい、クロードといい……」

『何だ』

『……心配してるんだよ』

袖をまくって露《あらわ》にした腕の傷に消毒薬を吹きつけながら、ユウキが垂れた薬液をガーゼで拭う。その合間に上目遣いで睨まれて、クロードは知らず声を呑んでいた。

『次は裾をまくって』

軽く頬を膨らませながら、ユウキが傷の程度を確かめつつ絆創膏を貼っていく。言われるがままに脚を出し、腕を上げ、首を傾けながら、クロードはひたすらユウキの横顔を見つめていた。その痛いほどの視線に『恥ずかしいんだけど……』と、ユウキがにわかに頬を染める。

（これが、あのチビか？）

昨日までとは何かが違って見えて、クロードはなおも無言で小作りな顔にじっと見入った。

仕草や表情のひとつひとつに、仄《ほの》かだが色気が交じっているように見える。見つめられて恥じらう姿は特に、素朴《そぼく》で可憐《かれん》ながらもほんのりとした蠱惑《こわく》に充ちていた。

『……まさか』

『え？』

あの優等生と何かあったんじゃないか。そう思った途端、頭を殴られたような衝撃があった。

気づいたら細い手首をつかみ、黒目がちな瞳を数センチの間近にしていた。

『あいつと、付き合ってるのか』

『あいつ……？』

『昨日、約束してたやつだ』

何度かくり返してようやく意味がつかめたのか、ユウキが戸惑ったように首を振ってみせる。

『彼は友達だよ』

『ただの？』

クロードの剣幕に圧《お》されたように、ソファーにぴったりと背を沿わせたユウキが小さな顎をこくんと上下させる。さっきまでとは逆の形勢だ。

（――本当か）

そのままじっと黒い瞳を覗き込むも、ユウキはただ戸惑ったように首を傾《かし》げるばかりだった。こちらの勢いに呑まれてはいるが、嘘をついている様子はない。なおも数秒かけて瞳の奥を覗き込んでから、クロードは溜め息とともにユウキの手を放した。

『悪かった』

『あ、ううん……』

つかまれていた手首を自身の手でさすりながら、戸惑いの晴れない様子でユウキが俯く。貼りかけだった絆創膏の剝離紙《はくりし》をめくると、ユウキは気を取り直したようにクロードの頰に指を添えた。

『もう少しだけ、じっとしててね』

大事なものを扱うような仕草でそっと触れられる。指先の冷えた感触に、鳩尾のあたりがきゅっと竦むのを感じた。甘酸っぱいような、くすぐったいような心地が次々と込み上げてくる。

今度は驚かせないよう、頰に添えられていた華奢な指をクロードはゆっくりと掌で包み込んだ。

『好きなやつは、いるのか』

その問いが意外だったのか、それともクロードの挙動にやはり驚いたのか。ユウキの肩がはっとしたように揺れる。たった数秒の沈黙が、永遠のようにも思えた。

『うん。――大好きな人がいるんだ』

斧《おの》で頭を割られたように、思考がばっさり寸断される。

ショックが大きすぎると、人は動けないものなのだとクロードは身をもって知った。微動だにできぬまま、呼吸すら忘れて虚空《こくう》を見つめる。やや して唇だけが動いた。

『そいつも、おまえのことが好きなのか』

声が出せたことで、金縛りが解けたように肩の力が抜ける。ユウキの表情を見逃すまいと、クロードは今度は眼差しに力を込めた。答えようと一度は開いた口が、なぜか引き結ばれてしまう。

『……だといいなって、思ってる』

束の間の沈黙を挟んでから、ユウキは困ったように笑ってみせた。

『前は好きだって言ってくれてたけど、いまは……わからないから』

曖昧《あいまい》な答えに、クロードは思わず顔を顰めていた。

(どういうことだ?)

向こうが心変わりしたということだろうか。重ねて訊ねようとして——。

それは叶わずに終わった。困った笑みを湛《たた》えたまま、ユウキがゆっくりと瞬きする。閉じ合わされた瞼の隙間から、見えない涙が零れ落ちるのを見た気がした。

相手の気持ちはともかく、ユウキの心がそいつに囚われているのは一目瞭然《いちもくりょうぜん》だった。

拘束を緩めるなり、するりと遠慮がちにユウキの手が引いていく。触れるのを拒まれたような気がして、クロードは知らぬ間に唇を嚙み締めていた。

『……もしそいつが、心変わりしてたらどうする』

唇の隙間から苦い思いで吐き出した問いに、ユウキが困り顔のまま首を傾げる。

『どうしよう……どうしたらいいのかな』

言いながら、揺れた眼差しがクロードを捉えた。その瞳は真っ直ぐに自分を見ているというのに、素通りした先にいる誰かを見ているように、どこか遠く、儚かった。

愛しげで、けれど切なげな笑みがふわりと浮かぶ。

『それでもきっと、ずっと好きだよ』

『ずっと？』

『うん、ずっと』

そう言って頷いたときには、ユウキは満面の笑みを浮かべていた。これ以上ないほど幸せそうなその微笑みに、心を掻き毟《むし》られるような思いを味わう。うっかりすると叫び出しそうだった。

——見込みのない相手なんか、忘れてしまえ！

（代わりに俺を見ろっ）

思わずそう言いたくなって、クロードは咄嗟に口元を覆った。

『クロード……？』

心配げに眉をよせたユウキが、こちらを窺うように首を竦めてみせる。その視線から逃れようと試みるも、それは徒労に終わった。絡めた視線を外せないまま、見つめ合う。

黒目がちで円らな瞳が、いまはクロードを見ている。

ほかの誰でもない、自分だけを——。

それこそが自身の望みではないのかと、そう諭《さと》す声がどこからか聞こえた気がした。

ユウキのことを考えるといつだって頭の中に湧いてくるモヤのようなものが、抑《おさ》えきれない感情に掻き回されて次第に渦を巻きはじめる。ところどころに見える隙間から、いままで隠されていた何かの全体像が次第に現れようとしていた。

（何なんだ、この感情は……）

気づけば激情とも言うべき衝動が、胸いっぱいに吹き荒れていた。

エリカとの恋が終わり、自分にはもうこんな熱情なんて残っていないと思っていた。だが、いつの間にか自分はユウキを「欲しい」と思っていたのだ。

思いやりに溢れた清廉《せいれん》な心も、華奢でしなやかな体もすべて。何もかもを。

『……っ』

細い肩をつかみ、衝動的に口づけようとする。

けれどクロードの欲求は、ユウキの拒絶によって撥ね返されてしまった。

『——だめ』

抱きよせようとした腕の中で身を捻りながら、ユウキが揃えた指先で唇を制してくる。

間近に迫っていた円らな瞳が、ひどく悲しげにこちらを見ていた。言葉も動作もささやかではあるが、そこには厳然とした意思が宿っている。

（俺じゃだめなのか……っ）

内心の叫びが聞こえたかのように、ユウキが力なく首を振ってみせた。

先ほど口にした思い人に、操立《みさお》てする気なのだろう。そいつがいまも思っているとは限らないのに、ユウキはあくまでも相手に敬意を払う気なのだ。二人の間に何があったのか。そいつがいまどこにいて、何をしているのかもクロードは知らない。いま目の前にいるのは自分で、こうして触れられる距離にいるというのに、そいつは見えない鎖でユウキの心を縛りつけているのだ。

滾る嫉妬で、はらわたが煮えくり返りそうになった。

『――……っ』

口汚いスラングが口をつく。意味は知らなくても気迫は通じたのだろう。びっくりしたように手を引っ込めたユウキが、華奢な身をさらに縮めて上目遣いになる。

怯えさせている――。

そう思った途端、今度は別の衝動が込み上げてきた。彼が誰を思っていようと構わない。いまそばにいるのは自分で、こうして触れられるのも自分だけなのだから。

(だったら……)

心は手に入らずとも、体だけなら容易く捻じ伏せられる。

『……っ』

腕の中の体を強引にソファーへ押し倒すと、クロードはその身に圧しかかった。黒い瞳が愕然《がくぜん》と見開かれる。その上に影を落としながら、衣服を無理やり剝ぎにかかる。

その段になって、ユウキは全力で抵抗しはじめた。

「や……、やめてクロードっ」

体格の差からいって敵うわけがないのに、四肢《しし》をばたつかせて必死に抗《あらが》おうとする。マウントを取られた時点でもはや結果なんて見えているのに、諦める気配はない。非力な抵抗を難なくいなしながら、クロードはユウキのシャツを強引に開いた。

「……ッ」

弾けたボタンのひとつが頬をかすめていく。露になった白い素肌《すはだ》に、言い知れない昂奮《こうふん》を覚える。この滑《なめ》らかな肌に、件《くだん》の相手も触れたのだろうか？　東洋人特有の吸いつくような素肌を、もしや舌で味わいもしたかもしれない。

（くそ……っ）

想像だけで、死にそうに妬けた。

ユウキの抵抗も相変わらずで、身を預ける気なんてさらさらないのだろう。拒絶の意思が痺れるほどに伝わってくる。それが恨めしくて、クロードは荒々しい手つきでさらにシャツを開いた。

「やだ……っ」

剝き出しになった肩を強引に押さえつけて、首筋に顔を埋めようとする。

だが、その直後。

『――……ッ』

クロードは全身が凍りつくのを感じた。

すべすべとした丸い頬を、大粒の涙が滑り落ちていく。あとからあとから溢れるそれが、止めどなく頬を濡らしていた。小さなしゃくり上げに合わせて、華奢な体が小刻みに震える。

『……!?』

突如、残っていたすべての霧が一気に晴れたような気がした。

眼前に見覚えのない光景が広がって、息を吞む。

研究所の一室だろうか。丸く大きなベッドの上で、自分はいまと同じようにユウキを組み敷いている。怯えて泣きじゃくるユウキが、精いっぱい見開いた目でこちらを見ていた。

幻影は一瞬で消えたものの、残像と重なる泣き顔がすぐ目の前にある。

(……泣かせた)

その事実が何よりも衝撃的で、クロードは視界が暗転したような錯覚《さっかく》に見舞われた。

同時に、張り詰めていた何かが断ち切れたように全身から力が抜ける。数秒の間があってから、ユウキがクロードの体を押しのけるなり駆け出した。その背中を追いかけることもできずに。

(俺が、泣かせた……)

クロードはその事実に、ただ打ちのめされていた。動けるようになったのは、それからどれくらい経った頃か。ソファーに浅く腰かけながら、クロードは座面に強く拳《こぶし》を打ちつけた。

自身の行いを悔いるように何度も、何度も。

そのたびに、先ほど見たばかりのユウキの表情が脳裏をよぎった。

戸惑いと怯え、そして泣き顔――。どれも、そんな顔をさせたかったわけではない。

優しくて控えめなユウキの、はにかんだような笑みが好きだった。心底楽しそうに笑ったときの、軽やかな笑い声も好きだった。できることなら、いつでも笑顔でいて欲しいと思う。

できれば自分の隣で、ずっと笑っていて欲しい。

(……俺のためだけに)

そのためなら、何でもできる気がした。彼を傷つけるすべてのものを永劫に退け、守りたいと思う。

大切にしたい、慈しみたい。心からそう思うのに……。ユウキが思い続ける相手のことを考えると、途端に感情が反転するのだ。自分ではない誰かをひたむきに愛するユウキなんて、見たくなかった。そんな相手が存在するなんて考えたくもない。

（嫉妬と羨望《せんぼう》で気が狂いそうになる……っ）

心がダメなら、体だけでも手に入れたかった。ほかの誰かに渡すくらいなら、力ずくで奪ってしまいたい。――けれど、ユウキを泣かせるのは死ぬほど怖かった。彼を傷つけた事実を思うと、懺悔《ざんげ》の海で溺《おぼ》れてしまいたくなる。

相反する感情に苛まれて、クロードは打ちひしがれるしかなかった。

『俺はどうすればいい……』

これほどまでに彼の存在が重要になっていたとは、ついさっきまで知らなかったことだ。エリカ以外を愛する自分なんて、想像だにしていなかった。――いや、こんな狂おしい感情はエリカにさえ抱いたことのなかったものだ。

暴力的で嵐のような感情に翻弄《ほんろう》されるまま、クロードはきつく両目を閉じた。

Ⅴ【cinq】

無我夢中で森を抜けて、ようやく足を止めたのは寮の近くまできてからだった。

震える膝を支えきれず、傍らの樹につかまりながら息を整える。次いで自身の格好を思い出して、悠生は慌ててシャツの前を掻き合わせた。走っている間は失念していたが、さすがにこんな乱れた格好で寮に入るわけにはいかない。残っていたボタンを留め、ない部分は両手でつかむようにして、なるべく人目につかないよう、足早に部屋へと滑り込んだ。

「っ、はぁ……」

閉めたドアを背にしたところで、詰めていた息を吐き出す。途端に膝が崩れそうになって、悠生は覚束ない足取りでベッドまでいくと力なく身を横たえた。着替える気力もなく、乱れた服のまま毛布を剥いで頭まで被る。祐一が戻っていなかったのは幸いだった。

何がどうしてあんなことになったのか、悠生にはよくわからない。ただひたすら――。

(怖かった……)

腕力では到底敵わない、そう思い知らされたのも怖かったけれど、何より怖かったのはクロードが見知らぬ他人のように見えたことだった。以前、強引にされたときともまた違う、乱暴で性急だった手つきを思い出して、思わず自身の肩を抱き締める。

よく知っているあの手が、あの唇が、あんなに怖いと思ったのは初めてだった。マッチングテストのときですら、クロードは自分を羽根のように扱い、大事にしてくれたのだ。あのときも怖かったけれど、それは残酷なまでに優しい愛撫と甘い交接とを、途方もなく長く強いられたからだ。

（まったく違う、怖さだった）

あんなクロードを悠生は知らない。こちらの意思をむげにして、無理やり体を暴こうとするなんて。必死に応戦したつもりだったが、クロードにとっては戯《たわむ》れにも等しい抵抗だったろう。ものともせずに服を破かれ、肌を露にされた。

こちらを見据える金色の眼差しには、仄暗い欲情だけが灯っていた。

（……あんなの、クロードじゃない）

大好きな恋人が、まったくの別人のように見えた。このまま抱かれたら、自分の知っているクロードには二度と会えないのではないだろうか。そう思った途端、涙が溢れていた。

――事が起きた経緯もわからないが、唐突に中断された理由もまた悠生にはわからない。

急に放心したように宙を見つめるだけになったクロードに、逃げるならいましかないと思った。動かなくなった重い体を押しのけて、そこからは夢中で走った。

森を抜けるまで、一度も振り返らずに。

「どうして……」

吐息とともに吐き出した言葉が、再び涙を溢れさせる。

この数日で少しでも心を通わせられたと思ったのは、ただの思い込みだったのだろうか。だとしたらあまりに滑稽《こっけい》で、情けなさに打ちのめされそうになる。彼の苦悩や孤独を少しでもいいから和らげたいなんて――。そんなおこがましさを見透かされたのだとしたら、自業自得《じごうじとく》かもしれない。でも。

不器用ながらも見せてくれた気遣いや、無防備に身を預けてくれたこと、それら全部。

(嘘だったの……?)

裏切られたような気持ちと、それでもまだ信じられない思いとがないまぜになって、思考がうまくまとまらない。ひとしきり声を殺して泣いてから、悠生はか細く息を漏らした。

シーツに籠《こ》もった湿気が口元にわだかまる。せめて祐一が帰ってくるまでには平常心を取り戻していたかったのだが、気づけばずいぶん長く途方に暮れていたようだ。

「ただいま。――篠原くん?」

扉の開いた音に、反射的に肩が揺れてしまう。毛布を被って丸まっている悠生を案じるように、祐一が「どうかしたの」と抑えたトーンで話しかけてくる。何でもないから……とかすれ声で口にしかけるも、悠生はすぐに観念することにした。察しのいい祐一を相手に隠しとおせる自信もなければ、取り繕う余裕もまだ取り戻せそうにない。

起き上がって毛布から上半身を覗かせると、ベッドサイドまで近づいていた祐一が無惨なシャツの有様に目を瞠った。

「それ……」

それだけでおおむねを察したように、祐一が言葉の続きを呑み込んでから頷いてみせる。

「――ひとまず着替えようか。その前にシャワーを浴びてくるといいよ」

指先の震えに悠生の動揺を見取ったように、祐一は詳細を質すことなく、穏やかな物腰で悠生をバスルームへと誘導してくれた。温かいシャワーを浴びた安堵で、また少しだけ涙が零れる。風呂上がりに見た鏡の中の自分は目元を真っ赤に腫《は》らしていて、我ながら滅入るほどに痛々しく見えた。

（ひどい顔……）

これでは必要以上に、祐一に気を遣わせてしまうに違いない。顔だけを冷水に浸して少しでも赤みが引くのを待ってから、悠生は用意されていた着替えに袖を通した。バスルームに入ってから、すでに一時間近くが経過していた。

「もうすぐ夕飯だよ」

部屋に戻るなり、出窓に腰を預けていた祐一が至っていつもどおりの口調で話しかけてくる。シャワーを浴びている間に話が回り、もしかしたら磯崎がきているのではないかと身構えていた悠生としては、祐一の様子に強張《こわば》らせていた肩からそっと力を抜いた。

「大丈夫。磯崎さんには言ってないよ、まだね」

「それ見たことかって怒られちゃうよね、きっと……」

ノワールに近づきすぎるなと、磯崎にはさんざん警告されていたのだ。あんな展開になった理由は不明だが、少なくとも自分が深入りしなければこうはならなかった気がしてならない。

「無理やりされたの……？」

「うんでも、……最後までじゃないし」

クロードの様子が急に変わったこと、それまでは普通に話していたことを告げながら、途中で声が詰まってしまう。いまだ整理のつかない気持ちが交錯し合って、うまく言葉にならない。俯いて押し黙った悠生の視線を拾うように、窓ガラスがおもむろに硬い音を立てた。見やった先で祐一が困ったように首を傾げてみせる。

「真意はわかってないんだね、君も。もしかしたら――彼も」

丸めた指の第二関節を、祐一がまたコツンとガラスに押しあてた。

（え……？）

祐一が階下の何かを見据えて、少しだけ眼差しを曇らせる。その先に何があるというのか、悠生もふらつく足取りで窓辺に駆けよった。

「………っ」

「さっきからずっと、ああなんだよ」

寮のエントランス付近で起きている騒ぎを目にして、思わず目を瞠ってしまう。

非常時に備え、アカデミーの各建物には特殊な結界を発動する仕組みが施されている。そう滅多《めった》に使われるものではないが、どうやら一種の非常時と判断されたのだろう。結界を強引に突破しようとするクロードの身を、青白い電流が何度も襲う。

「五分前までは直談判《じかだんぱん》してたんだけどね。業《ごう》を煮やして、強行突破に切り替えたみたいだよ」

「なんで、あんな……」

「君に会いにきたって、言ってるらしいよ」

「え」

見えない壁に阻《はば》まれるたびに、クロードの衣服が少しずつ焼け焦げていく。服に限らず、髪も肌も傷んでいるに違いない。それでも怯まない長身を、何度目になるかわからない電流が灼《や》く。

「そろそろ、セキュリティが呼ばれる頃じゃないかな。獰猛《どうもう》なことで有名なキメラだからね。向こうも手荒な手段に出るかもしれない」

「そ、んな……」

「どうする？」

窓ガラスに両手をついた悠生の表情を、祐一が出窓にもたれながら覗き込んでくる。

「彼をどうするかは君次第だよ。僕も、友人にひどいことをされて少なからず立腹してるし、顔も見たくないって言うんなら、このまま見殺しにしても……」

「だめっ」

「――て言うよね、君なら」

悠生の答えなど初めからわかっていたように、祐一がやるせなく息を漏らした。それから、ふっといつもの穏やかさを表情に宿らせる。

「わかった。話せそうなら部屋に呼ぶし、時間が必要ならそう伝えるよ」

祐一の提案に、悠生はしばし黙って言葉を選んだ。

（まだ、怖い……でも）

クロードに感じた畏縮《いしゅく》が、胸の底に貼りついているのがわかる。このまま顔を合わせて、冷静でいられる自信もあまりない。それでも、身を灼いてまで会いにきてくれたクロードの真意を自分は知らなければいけないと思った。自身のためにも、クロードのためにも。

「……大丈夫、ここで話す」

悠生の決断に一度だけ頷いてから、取り次いでくるね、と祐一が部屋をあとにする。

心臓が痛いほどに鳴って、部屋中に鼓動が響いているような錯覚に捕らわれる。気を抜くとその場にへたり込んでしまいそうだった。もうあんなことにはならないと頭では思っていても、クロードの顔を見た途端に決意が萎《しぼ》んでしまいそうな気もする。

（いけない、こんなんじゃ……！）

その場で何度か深呼吸をくり返してから、悠生はゆっくり扉口に向かった。

ほとんど待つことなく、ノックの音が響く。連れてきたよ、という祐一の声に被さるようにして、しゃがれた声が自分の名前を呼ぶのが聞こえた。

「………っ」

途端に膝が崩れそうになって、慌てて壁に手をつく。

祐一が人払いをしてくれたのか、廊下に充ちていた寮生たちのざわめきがやがて静まった。もう一度名前を呼ばれるも、喉が詰まってしまったように声が出せない。応答がないのを悠生の意志と受け止めたのか、扉の向こうで居住まいを正すような気配があった。

『ドアは開けなくて構わない。どうか、話だけでも聞いて欲しい』

切実さを孕みながらもひどくかすれた声に、悠生は胸が締めつけられるような心地を味わった。

こんなふうに、打ちひしがれたクロードの声を聞くのは二度目だった。一度目はマッチングテストのあと、悠生がクロードを拒絶したときのことだ。

あの日と同じくらい沈んだ声で、「Je suis désolé」とくり返される。

『頭に血が上ったんだ……本当に悪かった』

声音のかすれ具合から伝わってくる後悔と自責の念を、悠生はただ黙って受け止めた。

『あんなことをするつもりじゃなかったんだ。泣かせるつもりなんてなかった。いまさらこんなことを言っても受け入れられないかもしれないが、どうか許して欲しい。望むなら何でもする』

己の愚行についての懺悔をひとしきり口にしてから、おもむろにクロードが押し黙る。しばし続いた重い沈黙を破ったのは、思いがけないフレーズだった。

「ゴメン、ナサイ」

（え……？）

たどたどしい発音に、胸の奥が竦んだような心地になる。

悠生に関する記憶とともに、クロードは会得した日本語もすっかり忘れているだろうと磯崎は言った。事実そのとおりで、悠生が口にする日本語をクロードが理解している様子は皆無だった。だからこれは、いまのためにわざわざ覚えてきた言葉なのかもしれない。

「クロード……」

思わず漏れた声に、扉の向こうで息を呑む気配があった。扉越しに互いを窺い合うような間をしばし挟んでから、クロードがまた意外な言葉で沈黙を破る。

『――俺は嫉妬したんだ。ユウキが好きだという相手に、どうしようもないほどに』

（嫉妬……？）

思いがけない話の流れに、今度は一瞬で頭が真っ白になった。

クロードが言っているのは、さっき小屋で交わした会話についてだろう。好きな人はいるのかと問われて、悠生はいると答えた。当然、目の前にいるクロードを想定しての答えだった。それをまさか、そんなふうに捉えられているとは考えもしなかった。

『ユウキがいまも、そいつのことを思ってるのはよくわかってる。だが……』

束の間の逡巡《しゅんじゅん》ののち、クロードが苦しげな息遣いとともに口を開く。

『そいつはもう、心変わりしたかもしれないんだろう？　なぜそんなやつにこだわり続けるんだ』

自分の方がぜったいに悠生を幸せにできる、だからその恋を捨ててどうか自分のモノになってくれないかと切々と続けられて。

「…………ッ」

悠生は口元を覆うことでどうにか嗚咽《おえつ》を堪えた。視界がみるみる涙で滲《にじ》んでいく。

抑えた声音で何度も、クロードが「ゴメン」と「アイシテル」のフレーズをくり返す。ひたむきに告げられる熱い思いに、悠生は声もなく大粒の涙を零した。

（クロード……）

あれほどに凍てついていた彼の心に、いつの間に自分が映《うつ》り込んだのだろう？

彼の中で二度目の恋がはじまっていたなんて、夢にも思わなかった。記憶のない彼のそばにいたのなんて、こちらのワガママでしかなかったのに。クロードはいまの彼なりに考えて、答えを出してくれたのだ。二度も自分を選んでくれるなんて――。

震える手でドアノブを回す。

真っ先に目に入ったのは、形のいい頭だった。短髪に絡んだ枯葉の縁が黒く焦げているのが見える。逞《たくま》しい体軀を包む作業服も、そのあちこちに焼け焦げができていた。

「……クロード」

床に両膝を折って頭を下げるクロードの目前に、悠生も力が抜けたように膝をついた。俯いていた視線を拾うように、炭のついた頬に片手を伸ばす。触れた衝撃で震えた肌を愛おしむように撫でると、おずおずといった態で目線が持ち上がった。

『――ユウキ』

真摯《しんし》な眼差しが、ひたすらにこちらを見つめてくる。以前のように甘くはないけれど、それでも同じくらい深い愛情をその眼差しのうちに感じて、悠生は嗚咽を漏らしながらその首に縋《すが》った。

「バカ……っ」

悠生の挙動に驚いたのか、一瞬だけ硬くなった体が戸惑いながらもやがて背中に腕を回してくる。最初はやんわりと包み込むようだった抱擁にも、少しずつ力が籠もっていく。愛しくてたまらない体温と肌の匂いを直に感じて、悠生はまた一滴、涙を零した。

「大好きだよ、クロード」

思わず日本語で告げた思いがはたして伝わったのか、クロードが大きく息を呑むのがわかった。重ね合わせた胸をしばし震わせてからしかし、怖々といった様子で腕を解かれる。

『いまのは、どういう意味なんだ……？』

戸惑いに眉を曇らせながらの問いに、悠生は泣きながらも微笑んでいた。その反応にすら当惑したように、クロードの眼差しが頼りなげに揺れる。

（そういうところが、本当に）

可愛くて仕方ないのだと言ったら、クロードはどう反応するだろうか。

キメラとして自分よりも遥かに長い時間を生き、それだけの経験を重ねているはずなのに、そんな彼が時折とても幼く見えるのは、彼の持つ特性ゆえかもしれない。真っ直ぐで自分に正直で、誰にでも飾らない自分をさらけ出し、心を偽ろうとしない。

記憶があってもなくても、それがクロードの本質だ。

（――大好き）

言葉で気持ちを伝える代わりに、悠生は半開きだった唇に自身のそれを重ねた。触れるだけでは終わらせずに、何度か角度を変えてくり返す。

三度目のキスを終えたところで、いきなりクロードのタガが外れた。

「ん、ンぅ……っ」

息もつけないほど激しくなったキスに応えながら、求めていた熱感に酔い痴れる。ボルテージの波を三つほど越えたところで、ふいにクロードが中途半端なタイミングで唇を離した。

『クロード……？』

金色の眼差しがじっと見つめる先を追って、すぐに悠生も理解する。

薬指に嵌めたままの指輪が気になるのだろう。

（自分が贈った指輪に自分で嫉妬してるんだから、もう）

思わず苦笑したくなるも、記憶のないクロードからすれば指輪は別の相手との誓約にしか見えないだろう。目の前で外して、床に転がしてみせる。切れ長の瞳が丸くなるのを間近で見つめながら、悠生は再び甘いキスをしかけた。

彼が自分を選んでくれるなんて、思いもしなかった。

縋りついてきた痩身を抱き締めながら、キスをくり返す。ここが寮の廊下で、人目があることなんて気にもならなかった。ユウキしか見えないし、彼さえいればもう何もいらない。

囁かれた言葉の意味や指輪の存在に束の間不安にもなったけれど、ユウキは行動で応えてくれた。不実な思い人よりも、自分を取ると体現してくれたのだ。

「アイシテル、ユウキ」

キスの合間に、何度もそう口にする。

不本意ではあったが、ユウキの「友人」だというあの優等生に訊いて覚えた日本語だ。謝罪の言葉と愛のフレーズしか教わらなかったので、それ以外を口にできない自分に歯痒さを覚えるも、そのひとつひとつが胸に響いているように、腕の中の彼がやがてくったりと力を失くす。

（夢のようだ……）

キスだけで充たされた気持ちになりながら、クロードはそっと抱擁を解いた。膝立ちから崩れるようにして胸に倒れかかってきた体を、するりと反転させて横抱きにする。されるがままに身を委ねながら、ユウキが蕩けたような眼差しでこちらを見上げてきた。

濡れて艶《つや》めいた黒曜石《こくようせき》のような瞳の中に、金色の虹彩が映り込んでいる。それを陶然《とうぜん》と眺めていると、ユウキの小さな唇が半開きになって、はあ……と甘く息を漏らした。

まるで誘うような吐息に、鼓動が跳ね上がる。ほんのりと上気した頬に、切なげに細められた眼差し。キスで濡れた口元を、無意識にかぺろりと舐める舌の赤さもひどく官能的で、いまにもむしゃぶりつきたくなる衝動をクロードは必死で堪えた。

（いいか、落ち着け）

さっきのいまだ。ここでまた、怖がらせるわけにはいかない。いくらユウキが自分を選んでくれたからといって、その選択に甘えるのは許されざることだ。慎重にいこうと何度も自身に言い聞かせながら、クロードは苦労してユウキから目を逸らした。

なのに、その努力を無にするかのように。

「――Je te veux」

吐息交じりの囁きが耳をくすぐる。

（まさか……）

聞き違いかと思って視線を戻した直後、クロードは低くうめいていた。

こんなにも蠱惑的な生き物を、自分は見たことがない。どれだけ扇情的なポルノグラフィを並べたところで、いまの彼には敵わないだろう。普段の清楚《せいそ》でたおやかな彼からは想像もつかないほどの色気を放ちながら、ユウキがなおも甘い言葉を囁く。

『今度は、優しくしてくれるでしょう……？』

理性なんて保つはずがなかった。

返事の代わりに、クロードはユウキを抱えたまま彼の部屋になだれ込んだ。

（ユウキを怖がらせない、泣かせない）

それだけはしっかりと念頭に置きながら、手近にあったベッドに柔らかな肢体を載せる。逸《はや》りそうになる心を懸命に抑えつけて、クロードは横たわる痩身に被さりながら衣服に手をかけた。前開きのシャツを、今度はきちんとボタンを外して脱がせる。

そこで、おもむろに続きを制された。

『ねえ、僕にもさせて』

作業着のジッパーをゆるゆると下ろされて、中に手を入れられる。

『ユウキ……？』

それは前戯《ぜんぎ》のための愛撫というよりも、まるで労《いたわ》るような手つきだった。骨の浮き具合を確かめるように肋骨のラインを指でたどってから、ウエストを計るかのごとく両手で腰をつかまれる。

『痩《や》せたね、やっぱり』

それを実感したように、ユウキが痛ましげに眉をよせた。ユウキの知る自分といまの自分とがどれだけ違うのか、本人であるクロードにはわからないので共感のしようもない。だが、これから愛を確かめ合おうというのに、そんな顔はひどくナンセンスだ。

『ユウキが心配するのは、そんなことじゃない』

細い手をつかみ、服の中ではちきれそうになっているそこへ押しあてる。

『あ……』

白かった頬があっという間に真っ赤になった。硬直したように動かなくなった手を、自身の掌で上から包み込んで、形を確かめさせるように何度も上下させる。

（……悪いことをしてる気分だな）

見た目も幼く、反応から察するに経験もなさそうなユウキに、あからさまな欲望を触らせている昂奮がさらにクロード自身を育てた。その変化に戸惑ったように、ユウキが瞳を潤《うる》ませる。

『すごい、どうしよう……』

思わず漏れたらしい呟きに、クロードは満足げに舌なめずりした。

『すごいのはこれからだ、ユウキ』

ユウキはきっと初めてだろうから、自分がきちんとリードしなければいけない。先走って泣かせるのだけは禁物と何度も胸中で唱えながら、ユウキの手を放して残りの服を脱がせにかかる。

『あ、あんまり見ないで……』

一糸纏わぬ姿にされたユウキが、恥じらうように視線を泳がせた。年のわりには華奢で、客観的に見れば貧弱な体つきなのだろうが、クロードの目にはごちそうのように映る。いまからこれを味わえるのかと思ったら、涎《よだれ》が溢れそうだ。

狭間《はざま》を隠すように交差されていた脚を、優しくつかんで左右に開く。白く艶めかしい脚の間に、ブルーブラックの淡い繁みが見えた。ユウキの欲情を表すように、しっかりと反応を見せている屹立があえかに震えている。その様をまじまじと眺めていると、

『そんなに見ないでってば……』

ユウキが懇願するように、小さく首を振った。

（……なんて愛らしいんだ！）

その仕草があまりに初々《ういうい》しくて、のっけから仕かけることに決める。狭間に顔を伏せて屹立を含んだ途端、ユウキが悲鳴を上げながらクロードの髪をつかんできた。

「や、いきなり……っ」

脚を閉じて阻もうと試みてくるも、譲る気はない。両脚を今度はちょっと強引に割り開いてから、舌と唇で器用に剝き出した先端に吸いつく。そのまま舌のざらつきを押しつけるように何度も舐めていると、熱い粘液《ねんえき》がどっと溢れてきた。

「ゃ、あ……ッ」

快感から逃れようと逃げる腰を抑えつけて、文字どおりむしゃぶりつく。初めはどうにかやめさせようともがいていた両手も、いつしか縋りつくようになっていた。口淫《こういん》など初めての経験だろうユウキが達するのに、そう時間はかからなかった。

「も、ぅ……離して……」

快感ですっかり頭が回らないのだろう。ユウキが口にするのはさっきから母国語ばかりだった。状況的にだいたいのニュアンスは伝わってくるが、この際すべて聞かなかったことにする。

一滴も逃すまいと最後のしゃくり上げまでを吸い出してから、ようやく口を離す。

（ああ、しまった）

舐めるのに夢中でせっかくのイキ顔を見忘れたことに気づいて顔を上げると、目元を赤く染めながら、潤んだ目でこちらを睨んでいるユウキと目が合った。

バカ、と甘く罵《ののし》られてまた一気にスイッチが入る。

「え、や……っ」

仰向《あおむ》けだった体を反転させて、そこからさらに前屈させるようにくの字に折り曲げ、上下を逆にする。ユウキの体は驚くほど柔らかく、クロードの無理な要求にも柔軟に応えてくれた。

『素晴らしいよ、ユウキ』

ことさら無防備になった狭間と、隠しようのない表情とを縦一列で拝める体位だ。露になった窄《すぼ》まりが、唾液と精液に塗《まみ》れてぬるついているのが見える。ひくひくと蠢く息衝きに、クロードは躊躇いなく舌を這《は》わせた。何度か前後に往復させてから、いきなり中へと差し入れる。

「あぁ……っ」

不自由な姿勢のせいか、抵抗らしい抵抗も見せないままユウキはひたすら喘いでいた。苦しげにしながらも、屹立はすっかり硬度を取り戻している。貪りに合わせて揺れる屹立を片手間に撫でると、そのたびにきゅうきゅうと中が締めつけてきた。内も外も気が済むまで舐め回してから、指とバトンタッチする。予想よりも早く解《ほぐ》れた窄まりを指であやしながら、すべてを見られる羞恥《しゅうち》と、それを上回る快感とで朦朧としているユウキの表情をじっくりと観察する。

「ア……ッ」

指先が見つけたポイントをここぞとばかり責めると、可愛く育った屹立からとろとろと蜜が溢れ出した。恍惚《こうこつ》で充たされたユウキの顔に、そのほとんどが滴《したた》り落ちる。童顔とのミスマッチがあまりに卑猥《ひわい》で、クロードは痛いほどに自身を充血させた。だがいくら解したとはいえ、自分のサイズを入れるにはまだ早いはずだ。そう判断して、限界まで堪えようとした矢先に。

『……っ』

小さな手が急に昂りを捕らえてきた。ユウキの痴態《ちたい》だけでぬるつかせていた先端に、チュッと口づけられる。ミルクを欲しがる乳飲み子のように、それから何度か吸いついてから。

『これが欲しい、の……』

舌っ足らずに懇願されて、クロードはすべての理性を吹き飛ばしていた。

体の上下を戻すなり、組み敷いたユウキの脚を開いて自身の漲りを中心へと押し込む。にちっと音を立てながら呑み込まれていくそれを、クロードは瞠目《どうもく》しながら見つめた。こんなにも小さく狭い隙間に、これほど獰猛な質量がすっぽり収まってしまうとは。

「あァ……、ン」

最後まで突き挿《い》れたところで、ユウキが充たされたように溜め息をついた。そのうえ、慣れた角度を探すように細い腰がくいくいっとシーツから持ち上がる。それがうまく嵌まったように、ユウキがまた満足げに甘い声を漏らした。

(……なんてことだ)

ためしに軽く前後させてみると、それに合わせてユウキの腰も動く。初めてであれば挿入の衝撃で萎《な》えていたろう屹立も、濡れた口をひくつかせながら途切れず粘液を溢れさせていた。中で感じているのは明白だ。この体は、すでに男を知っているのだ。

『く……っ』

絶妙な締めつけにうめきながら、クロードは胸の内がどす黒くなるのを感じた。

腰を前後させるたびに、経験を物語る痴態が目の前でくり広げられる。自分ではない誰かをこんなふうに、中へ招き入れたことがあるという事実にノックダウン寸前の打撃を受けるも。

(――ユウキはもう、俺のものだ)

いまさら手放す気なんてないし、この体に他人の痕跡があるというのなら、そのすべてを塗り替えるまでだ。誰の手順に馴らされていようと、自分の色に染まるまでは離さない。まずはマーキングのつもりで、一度中に放つ。ほとんど触りもしないのに同時に達したユウキ自身を、今度は指で縛《いまし》めながら激情のまま何度も穿ち続けた。

「ああァ……ッ、んンっ」

しかしよほど馴らされているのか、後ろだけで絶頂に達してしまう体に嫉妬の炎がさらに猛《たけ》る。夢中になるうち、やがてガクガクと揺れはじめた体がくたりと力を失った。縛めを解いた屹立から、白濁交じりの粘液がとろりと溢れる。

(まだ許さないよ、ユウキ)

彼自身の痴態で知った角度を心得ながら突き上げると、それは断続的な飛沫《ひまつ》に変わった。意識がないながらも、ユウキが内腿《うちもも》を震わせてイキ顔を見せる。眉根をよせた表情はどこか苦しげでもあるが、快感で緩んだ唇からはひっきりなしに唾液が溢れていた。

それにしても――。自分のサイズを難なく受け入れた秘部にも驚きだが、中の締めつけがまるでクロードのために誂《あつら》えたかのように絶妙に刺激してくるのはどういうことなのか。ユウキが感じるポイントを突き上げることで、自身も得《え》も言われぬ快感を味わえるのだ。

試みに何度体位を変えても、クロードがもっとも感じる角度でユウキ自身も絶頂を迎える。これはもしかしなくても、とてつもなく相性がいいのかもしれない。

導き出した結論に、さらに腰が止まらなくなった。

体が火照《ほて》って堪らない、そう自覚したときにはもうヒートに入っていたのだろう。キメラの発情期は不定期で、相手のことを思いすぎたときに発症する率が高いと聞いている。

――ユウキがもしも、半陰陽《はんいんよう》であれば。

(俺の子を身籠もるかもしれない)

そんな可能性に思いあたって、クロードはさらに熱心に腰を使った。

ヒートの不安定さでいつの間にか出ていたしっぽを揺らめかせながら、何度目とも知れない射精に腰を震わせる。昂奮のせいか萎えることを知らない屹立で、いま出したばかりの精液をさらに奥へと送り込むように後背位で貪っていると、しばらく止んでいた嬌声《きょうせい》がまたはじまり、ユウキが甘く囀《さえず》りはじめた。

『ユウキ』

一度抜いて、覚醒したユウキを膝の上に跨《また》がらせる。

『……優しくするって、言ったのに』

拗《す》ねたような口調で言われて、クロードは反省しながらも自身のサイズをまたひと回り大きくした。

それに気づいたユウキが『もう……』と唇を尖らせながら、おもむろに屹立を握って腰を持ち上げる。角度を調整して先端だけを食い込ませると、自らゆっくりと呑み込んでいった。

「僕だって、ずっと欲しかったんだから」

『ユウキ……』

何と言ったのかはわからないが、悠生の頬がぽっと色づく。そこからはユウキの体を気遣いながら、それでも夜更《よふ》け近くまでクロードはユウキとの情交に耽った。

Ⅶ【six】

瞼越しに感じる、朝陽の目映さで目を覚ます。

ぼんやりと開いた視界の真ん中で、麗《うるわ》しい相貌が蕩けるような笑みを浮かべた。

「おはよう、悠生。――俺の最愛の人」

囁きとともに、頬にキスを落とされる。それだけで充たされた気持ちになりながら、悠生も「おはよう、クロード」と寝起きでうまく動かない唇でゆっくりと唱えた。

目が覚めると、すぐそこに愛しい人の姿がある朝――。

（なんだか、夢みたい）

クロードと再び結ばれて、こんなふうに二人で朝を迎えられる日がくるなんて思いもしなかったから。それだけに万感の思いを噛み締めながら、金色の眼差しをじっと見据える。

「どうかしたか」

「ううん、なんでもない」

並んで横たわりながら、枕に肘をついてこちらを見つめているクロードはいつになく穏やかな瞳をしていた。目を合わせているだけで、なんだかくすぐったい心地になってくる。まるで、以前に戻ったような気分だった。柔らかな眼差しに見守られながら、しかし。

（あれ、でも……）

ふと重大なことに気づいて、悠生は一気に目を覚ました。

さっきからクロードが口にしているのは、フランス語ではない。

「クロード？」

身を起こしかけたところで、覆い被さってきたクロードが今度は首筋に唇をよせてくる。

「どうした、悠生。というか、ここはどこなんだ。もしかして寮か？」

起きたら見覚えのない場所にいた——と。吐息交じりに告白しながら、クロードが耳朶を含んで柔らかく歯を立ててくる。

「クロードが、日本語喋ってる……」

「何を言ってるんだ。悠生が教えてくれたんじゃないか」

「で、でも……」

「悠生？」

カタコトめいた「ユウキ」ではなく、きちんとした「悠生」の発音を聞くのはあの日以来だ。

いったい何を言っているのかとでも言うように、不思議そうに首を傾げたクロードが、やや冗談だと思ったのかふっと表情を和らげた。

「俺は悠生さえいてくれれば、どこでも構わないけどな」

（この笑顔、この声……）

間近で鼓膜を震わせる囁きに、悠生は自然と涙を溢れさせていた。

流暢な日本語は、クロードの記憶が戻った証だ。

「……っ、ぅ」

急に泣きじゃくりはじめた悠生に、クロードが心底慌てたようにおろおろしはじめる。

「どうしたんだ、悪い夢でも見たのか……!?」

もう大丈夫だ怖くないぞ、と抱き締められながら、悠生は止まらない嗚咽で胸を震わせた。

――最初は確かに、悪い夢のように思えた。忘れられてショックだったし、いつ元に戻るとも知れない日々は不安に充ちていた。冷たくされて傷つけられて、つらい思いもたくさんした。

でも少しずつ打ち解けてくれたクロードが、最後には自分を選んでくれた。愛してると言ってくれた。それが嬉しくて、昨夜は涙が止まらなかった。悪夢とは真逆の、幸せな夢だった。

クロードとは何度出会い直しても恋をする、それが自分の運命なのだろう。忘れたのがたとえ自分の方でも、きっとまたいちからクロードに恋をしていたに違いない。

そんな核心めいた気持ちすら、いまは胸のうちにある。

でも、やっぱり――。

(このクロードに会いたかったから)

悠生が愛して止まなかったすべてが、いま目の前にある。

長い夢の中を彷徨ったあとでは、ただそれだけが奇跡のように思えた。

いやだからこそ余計に、だろうか。昨日までの日々があったからこそ、より一層の愛しさを感じるのかもしれない。

「……悠生」

いっこうに泣き止まない恋人に戸惑ったように声を弱らせながらも、さらに強く抱き締めてくれた腕の中で悠生はしばらくの間、涙に暮れた。

「――いったいどうしたんだ、悠生」

ようやく涙が止んだところで、クロードが労しげに濡れた頬を指先で拭ってくれる。ためしに確認してみたところ、クロードはこの十日ほどの記憶がすっかり飛んでいるらしかった。それについても、涙のワケについても教えるから、と約束してこの場に磯崎を呼ぶことを許してもらう。

「なんで、あいつが」

「僕じゃうまく説明できないから。それにすごくお世話になったんだよ」

昨夜の騒ぎも含め、どこまで伝わっていたのかはわからないが、連絡してから五分と経たずに磯崎が現れた。息の切らし具合を見る限り、どうやら全速力で駆けつけてくれたらしい。

「おまえは、本当に……、どこまでも人騒がせな……っ」

扉口でしゃがみ込みながら、開口一番にそう吐き出される。それから心底ほっとしたように脱力してから、いまだベッドの中にいた悠生と目を合わせるなり「オメデトサン」と笑ってみせた。

「……話が見えない」

クロードの機嫌が目に見えて傾いたので悠生からは軽く微笑み返すだけに留めておいたが、磯崎がそんなにも気にかけてくれていたことに、改めて感謝の気持ちが込み上げてくる。

磯崎の息が整うのを待って、今回の顚末をクロードに説明してもらう。あたり前だが初耳の話に、クロードはしばらく言葉を失っていた。

「俺が、悠生を……？」

「ああ。完っ全に忘れてたぞ。——篠原くんが気の毒だったよ、本当に」

磯崎の言葉だけでは信じられないとばかり、ベッドサイドに腰かけていたクロードが慌てたようにこちらを振り返ってくる。遠慮がちに頷いてみせると、クロードは額に手をあてて天を仰いだ。

彼の中では、回復薬を飲んだあとから今朝までの記憶がまったくないのだという。あれから十日も経っている実感もなければ、その間の自身の振る舞いにももちろん覚えがないわけで。荒んだクロードの仕打ちがどれだけひどかったかを誇張して聞かせる磯崎に、

「……なんてことだ」

クロードはみるみる悲痛な表情になった。

「あー……」

さすがに言いすぎたかと磯崎が渋面を作るほどに落ち込みながら、クロードが自身を責めるように裸の胸に何度も拳を叩きつける。

「俺は、最低だ……ッ」

「ちょ、やめてクロードっ」

慌ててシーツを抜け出すと、悠生は背後からクロードに覆い被さった。

「…………」

磯崎の到着が予想外に早かったせいで身支度の整わなかった悠生の裸身に、クロードが無言で引き剝がしたシーツをぐるぐるに巻きつけて隠す。それから、強く抱き締められた。

「悲しい思いをさせてすまなかった」

腕の力強さがクロードの悔恨《かいこん》を物語るようで、悠生も胸が痛くなる。手を伸ばして形のいい頭を撫でると、少しだけ拘束が緩んでクロードの表情が見えるようになった。

ひどく落ち込んだ眼差しを慰めるために、鼻先にそっとキスを置いてから。

「いろんなクロードを知れて、僕は嬉しかったよ。それに」

磯崎によれば最短でも一ヵ月は続くだろうと言われていた薬効を、クロードはたった十日で跳ねのけてしまったのだ。

「クロードに愛されてるって、すごく実感できたから」

「悠生……」

唇をかすめた甘いキスが、頰、目元、額と少しずつ上がってまた唇に戻ってくる。磯崎の咳ばらいでようやく我に返ったように、クロードが扉口へと視線を戻した。

「それで、リュカは何て言ってるんだ」

「知りたきゃ、本人に訊けよ」

クロードの要望で、騒動のきっかけを作った張本人までもがこの部屋に呼ばれることになった。

自分たちが占拠してしまったせいで昨夜は別の部屋に泊まってくれたらしい祐一が、ややしてリュカを伴って現れる。不安げな面持ちで床に視線を彷徨わせるリュカに。

『どういうつもりだったんだ』

クロードが和らいだ声でそう問いかける。すると、恐る恐るといった態で顔を上げたリュカが唇を噛み締めるなり、ポロリと大粒の涙を頬に滑らせた。

『ごめん、なさい……』

そう涙声で呟くなり、言葉に詰まってしまったのか華奢な肩が小刻みに震えはじめる。それを背後から支えるように、祐一がそっとリュカの肩に両手を置いた。

『悪気はなかったんだよね』

言葉のあとをそう継いでから、祐一がリュカの胸のうちを代わりに明かしてくれる。

聞けば、リュカは疲れの溜まっていたクロードのために、わざわざ書庫で秘薬の本やデータを調べて、効果抜群な「疲労回復薬」を手作りしたつもりだったのだという。ただその材料のふたつほどを間違えた結果、それは予期せず「忘れ薬」になってしまった、というのが真相らしい。

磯崎に質された時点で初めてその事実を知ったものの、悠生に対する自分のいままでの態度を思えば、本当のことを言ったとして誰が信じてくれるだろう？

（きっと誰も信じてくれない……）

そう思うと怖くて、言い出せなかったのだという。

それでもクロードのために、そしてそのクロードが選んだ悠生のために。

『ずっと一人で、文献をあたってくれてたんだよね』

効果を打ち消す薬がないものか、謹慎中だというのに部屋を抜け出し、連日のように古い文献まで漁って探していたのだと聞いて、ふと指の傷のことを思い出す。

いったい、何冊の本をめくり続けたのだろうか。

「リユカくん……」

両手を握り込んで指先を隠しながら、リュカがふいっと顔を逸らせる。ばつが悪いのか目を合わせようとしないリュカに、悠生はシーツを巻きつけた姿のままベッドを下りた。

部屋の入口に立ち尽くしていたリュカの前に、そっと膝をつく。

『ありがとう』

そう言って笑いかけると、驚いたように肩を震わせたリュカがさっと祐一の後ろに隠れた。背後から祐一の服をつかむ手には、誰かの几帳面《きちょうめん》な性格を表すように丁寧に絆創膏が貼られている。

『……けっきょく、そんなの見つからなかった』

苦々しげにそう零しながら、リュカが服をつかむ手に力を込めた。

『ううん。——君の気持ちが嬉しいから』

秘薬の効能が変わってしまったのは、言うなれば不慮の事故だ。根本にあったリュカの思いやりはきちんと受け取ったよ、そう伝えたくて「Je te remercie beaucoup」と口にする。

(本当にありがとう)

こういうシチュエーションに慣れていないのか、もぞもぞと居心地悪そうにしていたリュカがやや して意を決したように顔を上げる。

『…………っ』

無言のまま、ポケットから出した何かを悠生の胸元へと押しつけてきた。

「え？」

咄嗟に広げた掌に、パラフィン紙で包まれた何かがストンと落ちてくる。続いて祐一に何事か耳打ちしたリュカが、途端に踵を返して部屋を飛び出していく。

『あ、おいこらっ』

担当官である磯崎の制止も空《むな》しく、リュカはあっさりとこの場からの逃亡を図った。

「まだ謹慎中だっつーのに」

「たぶん、裏庭の噴水に向かったんだと思いますよ。あとで見てみます」

「悪いな。この数日、お守《も》りばっか頼んじまって」

「いいえ。志願したのは僕ですから」

心得たように頷く祐一に、磯崎が「頼むな」と片手で拝むようにする。どんな魔法を使ったのか、祐一はずいぶんリュカの挙動を把握しているようだ。

「あ、クロード」

いつの間にか背後に立っていたクロードの腕に、抱えられるようにしてその場に立ち上がる。

「……俺からも、あいつを頼む」

呟くなりそっぽを向いたクロードの頰は、心なしか膨れているように見えた。自分以外には懐かなかったリュカが、いつの間にか祐一には心を開いている様子がクロードとしてはあまり面白くないのかもしれない。兄代わりしては複雑な心境でいるのだろう。

「とりあえず、これで一段落だな」

肩の荷が下りて清々したとばかり、磯崎が両腕を掲げて伸びをする。

――そこからはわりとスムーズに話が進み、昼すぎにはクロードとともにあの小屋へ帰れることになった。記憶のないクロードが散らかした分を、二人で手分けして片す。夕方には馴染みのある雰囲気を持つ「家《ホーム》」に戻っていた。

（クロードの記憶が戻った、お祝いしなくちゃね）

せっかくだから何か豪勢なものを作ろうとキッチンに立って考え込んでいると。

「悠生……」

ふいに、後ろから抱き竦められた。何度目になるか知れない耳元の謝罪に、悠生はくすぐったさを訴えて身じろいだ。

「もういいってば、クロード」

「よくない。リュカの態度が悪かったなんて、それもぜんぜん気づいてなかった……」

「そりゃあね。だって、リュカくん隠してたし」

「どうして」

「クロードが好きだからだよ」

お兄ちゃんを取られるみたいで面白くなかったんじゃないかな、と答えたところでクロードが苦りきった声で「……俺も面白くない」と返してくる。

恐らくは、祐一にその立場を奪われそうなことに対してだろう。

「じゃあ、クロードもわかるね。リュカくんの気持ち」

「わかりすぎてムカつくくらいだ」

振り返ってみると、今度はわかりやすいほどに頬を膨らせませて拗ねているクロードがいた。

「コウカミめ……。あいつは本当に油断ならない」

どうやら祐一に対しての敵対心を、さらに膨らませてしまったらしい。寮にまだ残っている細かな私物をあとで届けてくれると言っていたのだが、明日にでもこちらから出向くからと断ったのは正解だったようだ。

それにしても、この数日であそこまでリュカを手懐けるとは祐一の手腕もさすがだ。ああいうタイプを放っておけないと言っていたけれど、彼の幼馴染みも似たタイプなのだろうか。

そんなことをぼんやり考えていると、クロードが呻くような低音で小さく吐き捨てた。

「――でも、いちばんムカつくのは俺だ」

「え」

シャツの襟を立てて誤魔化していた荒淫の跡を、襟元を開かれて晒される。

「まさか俺以外の誰かが、この体に触れるなんて」

「……彼もクロードだよ？」

「でも、俺じゃない」

記憶のないクロードとの間にどんなことがあって、どんな結末に至ったかについてはすでに話してある。つらく当たっていたくせに、最終的には悠生の心まで手に入れた「彼」が許せないらしい。

(その彼もすごく嫉妬してたけどね、クロードに)

根本が同じだから、思考もよく似ているのだろう。独占欲の強さやワガママなところも同じ。激情に流されて、独り善がりな結論を出しがちなところもそっくりだ。

「君の言う、別人と寝た僕のことも許せない？　だから指輪を返してくれないの？」

「……気づいてたのか」

起きてすぐにしたことと言えば、昨夜外した指輪を回収することだった。床に転がっているはずなのにどこにも見あたらなかったそれを捜すうちに、悠生は服を着る時間を逸してしまったわけだ。

考えられることといえばひとつ。自分より先に起きたクロードの手にあるに違いない。

「悠生は悪くない」

「でも、裏切った僕が許せないから指輪を……」

「違う。そうじゃない」

守ると誓ったのにそれをはたせなかった自分に、そもそも指輪を贈る資格なんてなかったんじゃないかとクロードが苦しげな面持ちで吐き出す。

(まったく、もう)

変なところで意固地さを発揮するクロードに苦笑してから、悠生はポケットに入れておいたパラフィン紙の包みを取り出した。クロードが見ているのを確認してから、中身を露にする。

「リユカくんから。いつか、必要になるだろうからって」

「これは……秘薬か何かか？」

「ハーブティーみたいだよ。安産に効くんだって」

効能については、あのあと祐一から耳打ちされたものだ。たぶん、これは彼なりの祝儀のつもりなんじゃないかな、という注釈つきで。

クロードのヒートはまだ続いている。キメラの発情期は不定期で、しかも一度やってくると長引く傾向があるので、悠生のヒートと被ればこの先、妊娠する率は極めて高くなる。

「僕はいつか、これを飲む日がくると思ってるよ。クロードは？」

「……悠生」

かすれきった声で名前を呼ばれて、こちらまで胸が締めつけられる。

泣きたくて打ちひしがれそうだったどんなときも、クロードはいつだってそばにいてくれた。考えてみればそれ以前から胸のうちに巣食っていた孤独感をも、彼は癒やしてくれたのだ。

（一人じゃないって、君が思わせてくれたんだよ）

だから、どうしてもそばにいたかったのだ。記憶のない彼のそばに。

自分と出会うまでのクロードがどれだけの孤独を抱えていたかなんて、あんなことがなければきっと知ることはなかったろうから。知れてよかったと、心からそう思う。

互いにとっての「たった一人」を見つけたいまは、もう孤独なんて感じる隙間もない。

それどころか、新たな家族を作ることもできるのだ。

「僕と一緒に、未来を見てくれる？」

囁きながら背後から回された腕をそっとつかむと、クロードが大きく息を吸うのが背中越しに伝わ

ってきた。涙で潤んだ金色の虹彩を見つめながら、ゆっくりと体を反転させる。

「Soyons heureux……」

一緒に幸せになろう、と囁きかけた唇を塞がれて。

「Consacrer une vie amoureuse」

一生愛を捧げるよ、と触れ合う距離でプロポーズを受ける。

どちらからともなくはじまったキスは、その後しばらく止むことがなかった。

あとがき

こんにちは、桐嶋《きりしま》リッカと申します。

グロリア学院シリーズとしては五年ぶりともなる新刊をお手に取ってくださり、ありがとうございます。こちらの続刊については折に触れ訊ねてくださる方も多く、そのたびに嬉しく思いつつ自身の不甲斐なさに涙を呑んでいたのですが、このたびようやくのお届けとあいなりました。待っていてくださった皆さま、本当にありがとうございます。こうして形にしていただけたのも、皆さまのお声があってこそです。どうか、久しぶりのグロリアワールドをご堪能いただけますように。


雑誌掲載作でもあった「花と情熱～」は、キメラとの恋の話になります。言葉が通じない中で育まれる愛がどんなふうに実っていくのか、その過程を書くのはとても楽しかったです。キメラやアカデミーを主軸にした話はシリーズの中でもちょっと異色ですが、二人の恋を通じてそのあたりの背景も楽しんでいただければ嬉しい限りです。

その続編となる「風と追憶～」では、二人のその後を覗いてみました。記憶を失ったクロードと悠生《ゆうき》の恋の顚末については、本文でどうぞお確かめください。——今作にしばしば登場する祐一《ゆういち》の今後が個人的には気になったりもするのですが、彼にもどうか幸せになって欲しいなと思います。秘密の庭で育まれる黒豹とのロマンスを、全編通してどうぞ見守ってやってください。

このたびもたくさんの方々のお世話になりまして、このように立派な本にしていただきました。各所でご尽力くださったすべての方々に御礼を申し上げます。

そしてたいへんお忙しい中、シリーズにもはや欠かせない麗しきイラストの数々をご提供くださったカズアキさま。本当にありがとうございました！　表紙カラーを見せていただいたときは声も出ず、ひたすら溜め息をついておりました。イラストの一点一点がとんでもない見どころですので、皆さまこちらもぜひご堪能ください。それから今回も放っておくと暗黒面に落ちがちな私を、明るく楽しく導いてくださった担当さまにはとても足を向けて眠れません。精進しますので、今後ともどうぞよろしくお願い致します。

執筆中の私をいつも支えてくれる家族と（たまに邪魔しにくる）猫、心強き友人たち。そして何より、続刊を待ち望んでくださった皆さまに心からの愛と感謝を捧げます。ありがとうございました。また近く、どこかでお目にかかれますように——。

桐嶋リッカ

初出	
花と情熱のエトランゼ	２００９年 小説リンクス４月号掲載を加筆修正
風と追憶のリフレイン	書き下ろし

この本を読んでの
ご意見・ご感想を
お寄せ下さい。

〒151-0051
東京都渋谷区千駄ヶ谷4-9-7
(株)幻冬舎コミックス　リンクス編集部
「桐嶋《きりしま》リッカ先生」係／「カズアキ先生」係

リンクス ロマンス

花と情熱のエトランゼ

2015年2月28日　第1刷発行

著者……………桐嶋《きりしま》リッカ
発行人…………伊藤嘉彦
発行元…………株式会社　幻冬舎コミックス
〒151-0051　東京都渋谷区千駄ヶ谷4-9-7
TEL 03-5411-6431（編集）
発売元…………株式会社　幻冬舎
〒151-0051　東京都渋谷区千駄ヶ谷4-9-7
TEL 03-5411-6222（営業）
振替00120-8-767643
印刷・製本所…株式会社　光邦
検印廃止

ISBN978-4-344-83367-8 C0293
Printed in Japan

幻冬舎コミックスホームページ　http://www.gentosha-comics.net

本作品はフィクションです。実在の人物・団体・事件などには関係ありません。